이별 편지

정탁 지음

목차

part. 2 이별

part. 3 만남

part. 4 사랑

작가의 말

한번은 너무 깊게 사랑을 해서 그 사람의 발자국이 내 심장에 움푹 패인 적이 있습니다. 그 사람은 그냥 지나가는 길이었는지 모르겠지만 저에게는 심장을 바치는 일이었습니다. 저는 제가 그 사람의 인생에 있어서 함께 걸어가는 길 그 자체이기를 바랐지만, 그 사람에게는 그저 골목 귀퉁이에 불과했던 것이겠지요. 하지만 이런 이별을 맞이했다고 해서 꼭 그녀가 날 사랑하지 않았다는 의미는 또 아닙니다.

발자국이 남을 만큼 세게 제 삶을 뒤흔들고 갔으니 그녀 또한 저에게 발자취를 남길 만큼의 사랑을 주었다고는 할 수 있겠습니다. 그녀 또한 저를 열렬히 사랑해주었습니다. 그저 제가 아직 잊지 못하였을 뿐. 그래서 저는 한 사람을 잊으려고 이렇게 글을 씁니다. 그 사람이 느꼈을 것 같은 감정들을 토해내면, 내가 느꼈던 이야기들을 작문해나가면 조금은 후련해질지도 모르는 마음에 그러는 것입니다. 그녀에 대한 기억은 제 몸 구석구석에 스며들어 있습니다. 쓰다듬어주던 머리, 마주하던 눈, 맞추던 입술, 부둥켜안던 몸. 나는 어디 하나에 빠지지 않고 몸 구석 곳곳에 당신과의 추억이 깃들어 있어서 기억을 하나하나 잊으려고 하다 보니 저 자신을 잊게 될 지경입니다.

그래서 그냥 받아들이고 그렇게 그리워하며 살아갈 참입니다.

여기, 지금 사랑을 했던 우리 모두의 이야기가 펼쳐집니다.

사랑의 총량은 누구에게나 같습니다.
그걸 여러 사람에게 나눠서 쏟을지,
한 사람에게 온전히 쏟을지는
당신이 살아가는 형태에 따라서 변할 것입니다.
누구나 흠 없이 사랑하고 싶겠지만
우린 사실 그 어떤 사실보다도 사랑 때문에
울고 웃으며 성장해 나갑니다.
추억을 떠올리며 한산한 기운만 머금을
차디찬 밤 같은 날만 있지는 않겠지만
사랑에 몸을 내던질 준비를 했다면
그러한 시간도 견뎌낼 각오를 해야 합니다.

아픈 밤을 견뎌낼 준비가 됐을 때
사랑에 빠지세요. 나 자신을 연료 삼아서
이 뜨거움이 상대방을 잡아먹을지라도
할 수 있는 사랑을 온전히 쏟아낼 수 있는
당신이 되기를.

part. 1

그녀

— 그녀 —

처음 당신을 본 순간 나는 사람이 이렇게 낯설 수 있다는 걸 처음 깨달았다. 이 사람은 자신의 삶에 그 누구도 들이려고 하지 않는구나. 구태여 그녀의 입으로 이야기하지 않아도 상처투성이인 그녀의 마음이 느껴졌다. 그녀의 마음 옆에서는 시린 바람이 불고 있었다. 그 바람을 같이 맞아주고 싶었다. 아니 가능하다면 한 발자국 당신 앞에 서서 대신 그 바람을 막아주고 싶다고 생각하게 됐다. 나는 당신을 사랑하게 됐다.

하지만 당신은 당신의 옆자리를 누군가로 채울 생각이 없었다. 상처받았다고 할지언정 지금 이대로가 좋다고, 기쁜 일을 함께 만들어가는 것도 좋지만 아예 상처받을 일이 없는 것이 낫다고 생각했기 때문이다. 나의 당신을 향한 마음은 그저 무의미한 날갯짓에 불과했다. 당신을 향해 날아가고 싶었다. 아무도 몰라주는 당신의 가치를 알아주는 유일한 사람이 나이길 바랐다. 그간 당신의 가치를 몰라 상처 주고 떠난 불한당 같은 이들과는 다르다는 걸 보여주고 싶었다. 하지만 나에게 와 닿는 건 마음 닿지 않는 마음뿐이었다.

아무도 필요 없다고 당당하게 홀로 설 수 있다고 말하는 그녀지만, 매일 밤은 김 서린 밤처럼 공기에 추억을 흩날릴 뿐이었다. 새로운 사랑을 시작하고 싶다가도, 지나온 추억에 남겨진 건 홀로 남은 나라는 사실이 마음을 막았다.

“상처받을 바에야 누구도 만나지 않는 게 나아. 남들로부터 나를 지키는 것이 나아.”

그녀는 더욱 자기 자신의 골로 깊어져 가고만 있었다.

모두로부터 자신을 떨어지게 하는 것이 상처를 안 받는 일이기도 하지만, 외로움이라는 형태로 스스로를 아프게 하는 건 깨닫지 못한 채로. 오늘 밤에도 그녀는 자신의 팔로 자신의 몸을 부둥켜 안으며 외로움을 달랠 뿐이었다. 외로움을 이겨낼 수 있게 해주는 건 새롭게 불어오는 사랑뿐이라는 걸 애써 외면한 체.

— 새벽 —

누구에게나 한 번 즈음 밤을 새우며 수화기를 놓지 않던 따듯한 밤이 있다. 잠을 미뤄가며 입꼬리가 귀에 걸린 채. 그 새벽의 온도는 아마 많이 따듯했을 것이다. 우리 모두 한 번 즈음은 겪는 그런 새벽. 네가 떠나고 없는 지금 난 그 새벽을 떠올리는 것만으로 차가운 새벽의 공기를 이겨내곤 한다. 문득 잠에서 깬 날에 세상은 낯설다. 곁에 너는 없고.

내 발등을 네 발바닥에 문대며 하던 발뽀뽀. 뒤척거리는 소리에 깼다가 널 보고는 가볍게 지어 보는 미소. 그땐 당연하던 것들이 이젠 당연하지 못해 더 나를 괴롭게 만드는 추억이 됐다. 특별한 경험은 기둥처럼 기억에 남아 멀리 떠나와도 저기 어디 즈음에 그런 일이 있었구나 회상하는 일이겠지만, 이렇게 일상적인 이야기들은 매일 아침 일어나 물 한 컵을 먹듯 자연스러운 일이기에 매일같이 상기된다.

그래, 난 네 덕분에 가장 보통의 것들이 가장 소중한 것이라는 사실을 깨달았어.

— 재능 —

밝을 수 없어서 애써 입으로만 웃어보는 여자.

침실은 빛 한 줄기 들어오지 않을 암막커튼을 치고,

잠에 깊게 빠지면 다시는 깨지 않아도 될 만큼 깊게 자다가

일어났는데도 컴컴한 어둠이라 자다 깨다를 반복하는 여자.

이게 꿈인지 생시인지 구분도 안 갈 때,

이대로 세상이 멈춰버리고 다 끝나버리면 좋을 것 같다는 여자.

반신욕을 좋아하나요?

수면제를 먹고 이대로 깨지 않을 잠을 잘래.

침대가 아니라 욕조에서 잠에 드는 여자.

왜 우리는 살아가는 거냐고

어쩜 이렇게 삶이란 덧없는 거냐고 물으면

나는 사랑해요,

내 사랑이 당신의 삶의 의미가 되기를 바랄 수밖에 없고.

어느 가을 새들이 무리를 지어 날아갈 때

저들은 갈 곳이 있어 부럽다며,

자신은 어디로 가는지 모르겠다고 말할 때

어디든 내가 데려갈게 손을 꽉 붙잡고 무작정 뛰어보고 싶은 여자.

사랑해요, 말로 담을 수 없어서 당신의 슬픔이 잠긴 방을 치우며

오늘도 내 사랑을 조심스럽게 건넬 때 그걸 조용히, 바라봐주는 여자.

취미

당신은 모른다. 당신이 웃을 때 얼마나 그 안에 슬픔이 깃들어 있는지. 내가 그 슬픔까지 껴안기 위해서 두 팔을 뻗을 때, 얼마나 여전히 조심스러운지. 마음을 안아줄 수 있는 건 마음뿐이라는 것을 우리 모두가 알고 있음에도 마음의 문을 닫은 당신에게는 손을 뻗는 일조차 마음의 짐이 될까 두려워 난 조심스레 뻗던 손을 다시 내려놓는다는 걸.

닫힌 마음의 문을 열어줄 사람이 나였으면 좋겠다고 속으로 조용히 속삭여본다. 마음의 온기는 반드시 전해지기 마련이니까. 그녀는 화사함에 미소 짓고 있을 때 가장 아름답다. 그 아름다운 모습이 나로 인해서였으면 좋겠다. 당신이 스스로 되찾아 돌아간 당신 자신이 사랑하는 그대 스스로가 나로 인해서였기를 바란다. 내가 당신의 자랑이 될 수 있도록.

이상

이상한 사람이다. 말은 많고 행동은 우악스럽다. 잘 보이려고 노력하는 건 알겠는데 흥미가 생기지는 않는다. 이 사람이 이상해서가 아니라, 난 보통 사람을 그냥 좋아하지 않는다. 사람에게 진절머리가 났기 때문이다. 자신의 대단함을 치장하고 공작새가 커다란 꼬리로 자신의 위엄을 자랑하듯 내가 얼마나 대단한지 표현하기 위해 안달 난 세상이다. 다 똑같고 거기서 거기다.

다를 것이 없는 하루, 다를 것이 없는 세상, 달라질 것 없는 인생. 또 상처만 남길 인연. 세상은 뻔하게 생겼다. 근데 이 사람은 좀 이상하다. 으레 자신을 자랑해야 하는데 재잘재잘 떠들기 바쁘다. 자신이 가벼운 사람으로 보이면 어쩌지? 라는 걱정을 할 만도 한데, 아주 사소한 이야기부터 가장 작은 유쾌함까지, 큰 틀에서의 자기 이야기가 아니라 이 상황과 나에게 집중을 하며 떠들어댄다. 오랜만에 입꼬리를 들어 웃는 게 아닌, 진심의 미소를 짓게 됐다. 이 사람은 이상한 사람이다.

이상(理想)「명사」

1. 생각할 수 있는 범위 안에서 가장 완전하다고 여겨지는 상태.

— 이별 —

한 사람과 연이 다하면 연례행사마냥 반드시 날아오는 질문이 있다. 왜 헤어졌냐고. 누군가는 성격이 맞지 않아서, 누군가는 연락 문제로 너무 많이 다퉈서. 누군가는 나를 사랑하지 않아서. 별의별 이유를 논하지만 결국 정답은 하나다. 성격이 맞지 않아도, 어떤 문제들로 다퉈도, 사랑 하나만 있다면 견뎌낼 수 있다. 모자란 건 사랑이지, 맞지 않는 성격이나 느린 답장 따위가 아니다. 우린 객관적인 이유라는 핑계로 많은 것들을 숨기며 산다.

첫 이별을 기억한다. 드라마나 영화 속 이별은 없다고, 현실에서는 그저 이별의 언급 한 마디면 끝난다고 말할 뿐이지만, 도리어 나는 첫 이별이 더 드라마틱했다. 눈이 내리던 날 바람은 차고 거세게 불고, 너는 한 번의 실수를 용서할 마음이 들지 않았고, 잠잠해지던 눈바람이 다시 거세게 불 무렵 결국에는 헤어짐을 다짐하고 등을 돌렸다. 난 두 발자국을 쫓아갔고, 그 이상 쫓지 않았다. 나에게 돌아올 사람이었을 거라면 두 발자국을 따라갔을 때 등을 돌렸어야 한다. 세 발자국부터는 허락되지 않은 영역이다. 당신이 나에게 허용했던 넘어도 됐던 모든 선이 다시 그어지는 순간이다. 이별은 그런 거다.

나의 것이었던 모든 것들이 내 것이 아니게 되는 순간을 겪는 거다. 살아가면서 겪는 상실 중 이별이 가장 즉각적이다. 뭐든 내 곁에서 천천히 사라지지만, 연인은 한순간에 사라진다. 그렇기에 이별의 후유증이 가장 큰 법이고.

그녀 또한 많은 이별을 겪어왔을 것이다. 나 또한 그렇지만, 어떤 이별을 맞이하냐에 따라서 사람은 많은 면이 변하게 된다. 그녀의 낯선 차가움은 분명 상처받은 아픔으로부터 기인된 것이었다. 어떤 아픔인지 꼭 들어야만 그 아픔을 짐작할 수 있는 건 아니다. 어떤 아픔은 듣지 않아도 느낄 수 있다.

통증을 느끼며 신음을 내지 않고 속으로 끙끙 앓고 있기에. 속으로 삼키는 신음소리에 더 예민한 사람도 있는 법이다.

그녀는 활짝 웃지만 활짝 웃는 법을 모른다. 행복해서 미소를 짓는 것과 덜 불행해서 미소를 짓는 건 차이가 크기 때문이다. 덜 불행해지려고 발버둥치는 누군가의 삶에 커다란 배가 되고 싶다. 내가 당신의 삶을 부유하면 기분 좋은 바람이 불어왔으면 좋겠다. 이별이라고 쓰고 몰락이라고 읽는 삶의 추락은 더 이상 없었으면 좋겠다. 그렇게 항구로 돌아와서는 나는 당신을 안고서는 육지에 발을 내디딜 것이다.

그리고 마을에 성대한 파티를 열고 우리는 손을 잡고 있을 것이다. 그때 당신은 행복해서 미소를 짓고 있다. 더 이상의 이별은 없다는 확신과 함께.

너 없이 너를 사랑하는 일

이제는 기억 속 한 조각이 돼버린 너
지금껏 그랬듯 앞으로도
너를 떠올리는 일은 나에게
잊혀져야 하는 일이 아니라
습관처럼 매일같이 반복할 일이다.

시간이 지남에 따라
지나온 것들은 추억이 되고
다들 현재를 산다고 하지만

나는 그 현재를 살아갈 수 있게 하는 힘이 바로
너라는 사람과 함께했던 그 세월 덕이기에
너를 떠올리는 일을 잊을 일은 없을 것이다.

그때 우리 모습을 떠올리자면
사랑에 너무 서툴렀고
감정만 앞서가는
치기 어린 사랑을 하기 바빴다.
하지만 그런 사랑을 함으로써
난 누군가에게 충분한 사랑을
줄 수 있는 다채로운 사람이 된 것이다.

그 대상이 네가 아니라는 사실은 가끔 가슴을 답답하게 하지만,

한 번씩 네가 거짓말처럼 돌아오는 상상을 한다.

네 덕에 알게 된 사랑의 모습이니 너에게 그 사랑을 건네는 상상.

그래 난 아직도 너 없이 너를 사랑하나보다.

— 하루 —

늘 새로움을 추구하던 그녀였다. 촌스러운 것보다는 세련된 것이 좋았고, 편한 것보다는 불편하지만 화려한 것이 좋았다. 조용한 곳보다는 시끄러운 것이 좋고, 담백한 것보다는 자극적인 것이 좋았다. 나를 사랑해주는 사람보다 내가 사랑하는 사람이 좋았고 그 사람의 무관심마저 감정을 깊게 만드는 도화선이 될 뿐 아무 문제 없었다. 그렇게 살아온 그녀다. 그녀의 이야기자 우리 모두의 이야기다. 우리 모두 한 번 즈음은 이런 순간을 살아간다.

그리고 비슷한 상처를 받는다. 무관심과 소홀함. 준 마음만큼 돌려받지 못하는 마음. 사람 참 이기적이다. 처음에는 옆에 있어주는 것만으로도 행복하다고 호언장담을 하면서, 시간이 지나면 결국 백기를 들고 호소한다. 나를 사랑해달라고. 하지만 세상은 호락호락하지 않다. 보통 해피엔딩은 일어나지 않는다. 사랑해주는 이보다 나를 사랑해주지 않아도 내가 사랑하는 이를 만난 것에 대한 반발심은 아주 크게 돌아온다. 이미 난 헤어 나올 수 없을 만큼 상대방에게 빠졌으니까. 상대방은 애초부터 우리 사랑이라는 바다에 몸을 적신 적도 없는데.

혼자 사랑에 빠져 손 건네는 이 하나 없이 허우적거리다, 생쥐마냥 젖은 꼴로 나온 스스로의 모습을 보고 그녀는 탄식을 금할 수 없었다. 이게 바로 자신이 원한 사랑의 결말이라는 걸 그때야 절실히 깨달은 것이다. 이때 선택의 길은 두 가지가 있다. 내 사랑의 방식을 바꾸든가, 도망가든가. 보통의 사람들은 그렇게 강하지 못하다. 그녀 또한 도망을 선택했다.

그렇게 닫혀버린 마음의 문은 누군가를 멀리하는 것을 넘어 살아가는 스타일 자체를 바꾸게 만들었다.

새로운 것보단 정든 것이 좋고, 세련된 것보단 편한 게 좋고. 누군가를 만나 사랑하기보단 혼자만의 시간을 즐기는 것이 좋고. 좋다 라는 감정을 위장한 외로움이었지만 괜찮았다. 견딜 만했으니까. 사실 자기 자신이 사랑하던 스스로의 모습이 사라졌다는 건 알아차리지도 못한 채 그녀는 조금씩 외로움이라는 구렁텅이로 빠지기 시작했다. 마음 한 켠에서는 같이 비를 흠뻑 맞아줄 사랑을 기다리며. 혼자 우스꽝스럽던 생쥐 꼴의 자신을 떠올리며.

그와 그녀

그와 그녀는 서로가 닮은 꼴이라고 생각하기 시작하게 됐다. 어디선가 느껴본 적 있는 이 날 선 감정. 느껴본 적 있는 차가운 마음. 각자가 아무에게도 스스로의 마음의 문을 열지 않으려고 꽁꽁 싸매둔 자신의 마음에 있던 그 한기. 그게 각 상대방에게도 여실히 있다는 것을 그 둘은 단박에 눈치챌 수 있었다. 남자는 생각했다. 만약 내가 아직 온기를 가지고 있을 때 만났던 게 다른 누구도 아닌 이 사람이었다면 우린 달라졌을까?

같은 방식으로 상처를 받은 것을 보아 유추해 볼 때, 아마 사랑도 같은 방식으로 하지 않았을까? 라는 생각에서 비롯된 결론이었다.

사람들이 흔히 하는 착각이 있다. 바로 공감대가 형성되면 당연하다는 듯이 둘이 사이가 좋아질 거라는 것이다. 그것 또한 사람 나름이다. 서로의 상처를 단박에 이해할 수 있는 경우에는 오히려 그게 독이 된다. 내 상처가 존중받기를 바라는 만큼 상대방의 상처도 존중하려고 들기 때문이다. 고슴도치끼리는 서로 거리를 두는 법이다.

바로 눈앞에 자기를 가장 이해해줄 수 있는 사람이 있음에도 불구하고 다른 곳으로 시선을 돌리기 마련이다. 그 상처를 가장 깊이 이해하고 있기 때문에, 혹시나 나 또한 이 사람에게 상처를 주는 사람이 될까봐. 가장 잘 이해하고 보듬어줄 수 있는 사람이 될 수 있는 가능성은 생각지도 않은 채.

하지만 어쩔 수 없는 끌림은 운명을 만든다. 우연이 쌓여 운명이 되고 필연이 되는 법. 정의하지 않아도 느낄 수 있는 서로의 닮음은 자연스러운 교집합을 만들고 표현으로 이어지게 된다. 이때다. 사랑이 싹트기 시작하는 시점은.

한 번의 교류는 둘의 감정을 더 확고하게 만든다. 이 사람은 나와 같은 상처를 지니고 있다는 것을. 대개 사랑의 시작은 꽃밭 위에서 나들이처럼 따스한 바람을 맞으며 입을 맞출 때 시작되기보다, 서로의 가장 차가운 냉기를 이해하고 가장 시린 곳에서 서로의 체온에 의지하게 될 때 시작되기 마련이다. 좋은 곳이야 언제나 좋은 곳이겠지만, 지옥은 누구랑 함께이냐에 따라서 지옥마저 나의 천국이 될 수도 있기 때문이다.

가장 낮은 곳에서 만나 가장 찬란한 곳으로 함께 나아가는 그런 사랑이야말로 그와 그녀는 최고의 사랑이라고 생각했고, 이 가치관마저 일치했다.

사랑이 싫어서 마음의 문을 닫아놓고는 자신과 똑같은 이유로 문을 닫은 사람에게 다가가 두드린다니. 생각할수록 우스운 일이었다. 누가 먼저 문을 열고 나왔는지는 중요하지 않았다. 문밖으로 나가 보고 싶게 만드는 사람이 생겼다는 게 중요한 것이지.

내가 하고 싶은 사랑

함께 마트에 가서 직접 장을 보자. 나는 볼품없는 솜씨로 프라이팬을 달궈보겠다. 설익은 밥과 질긴 고기. 짜디짠 김치찌개. 직접 요리해본다. 맛이 없어도 괜찮다. 서로의 웃음이 반찬이니까. 웃는 네 얼굴을 보며 밥을 더 달라고 하겠다. 그런 사랑. 서로 볼 꼴 못 볼 꼴 다 봤지만 애정이 식기는커녕 오히려 스며드는 애정. 그렇게 나한테만 다정하고 나한테만 한없이 착한 그런 사람을 만나서 매일매일 행복하게 살고 싶다.

사랑은 좋은 것이고 이별은 나쁜 것이다.
이렇게 가정하는 건 잘못됐답니다.
사랑은 사랑하는 법을 알게 해주고
이별은 떠나고 성숙해지는 법을 알게 해줍니다.
사랑과 이별은 상호보완적이며
서로가 서로의 모자란 점을 채워주며
나를 하나의 인간으로서
완성시키는 것에 일조합니다.
이별이 두려워 사랑을 피해서도 안 되고,
사랑할 때 불쑥 찾아오는 이별에
마냥 무너져서도 안 됩니다.

우리는 늘 만나고 헤어지는 존재니까요.

사랑하는 만큼 이별하세요.

그 안에서 참된 나 자신과

마주할 수 있기를 바라며.

part. 2

이별

흔적을 지우는 일

드디어 당신의 칫솔을 치웠다. 마주 보지 않고 거울에 비치는 너와 나를 바라보던 때가 떠오른다. 별것 아닌 양치질마저 사랑이라고 부를 수 있던 시절. 왜 함께 양치질을 하는 게 사랑이라고 묻는다면 난 기꺼이 대답한다. 삼 분이라는 시간도 떨어지기 싫어서 그러는 거라고. 우리의 서로에 대한 간절함은 그런 식이었다. 온종일을 침대에서 머물다 바스락거리는 소리와 일어나는 즉시 질문이 날아오는 식. 어디 가냐고. 갈 데가 어디 있겠는가. 질문의 근원은 떠나지 말란 거다.

사랑이 깊어지면 사랑을 하면서도 떠나게 될 것을 우려한다. 그 아픔을 짐작할 수 있으니까. 그런 너의 칫솔을 드디어 치웠다. 세 번 엉엉 울고 두 번 헛구역질을 했다. 그 자리에 있어야 될 것만 같은 칫솔이 사라지니 좁은 화장실이 넓어 보인다. 이건 칫솔의 빈자리가 아니라 너의 빈자리일까.

치우고 치워도 여전히 집 안에는 대부분의 물건이 두 개씩 있다.

모든 걸 함께했으니 어쩌면 당연한 일이라고 생각한다.

함께 기울였던 술잔, 함께 앉아서 게임을 하던 의자, 함께 잠들던 베개. 그 모든 것들이 두 개다. 전부 치웠다고 생각할 때쯤 너에게 선물해준 꽃이 아직 남아있는 걸 보았다. 버리기엔 예쁘고, 그대로 두기엔 너무 아픈 꽃이었다.

우리의 추억도 마찬가지다. 이대로 잊어버리기엔 너무 아름답고 행복한 시간이지만, 계속 떠올리기엔 아플 수밖에 없는 것. 기억을 지워주는 영화를 본다. 그리고 나는 기억을 지우러 갔을까? 스스로에게 묻는다. 장미를 쥐고 너를 향해 가던 나를 떠올려보면 그렇지 않을 거라는 걸 안다. 난 아픔보다 당신을 소중하게 여겼다.

가능한 만큼 나보다 당신을 소중히 여겼다.

그래도 결국 잊고, 버려야 한다고 생각한다. 언제까지나 과거를 그리워하며 서로를 놓아주지 않을 순 없다. 과거를 그리워하느라 새로운 미래를 받아들이지 않을 순 없다. 지울 순 없어도 퇴색될 기억이라는 건 안다. 그때는 당신을 잊었음마저 잊었겠지. 당신을 잊었는지 떠올리는 일은 당신을 떠올리는 일이다. 나는 잊었다는 걸 핑계로 아직도 당신을 떠올린다.

부디 당신이 안녕하기를 바란다. 잊었음마저
잊었을 때, 내가 백발이 성해졌을 때
한 번은 그 겨울밤 별빛을 기억할 수 있기를.

잘 가라. 내가 사랑했던 사람아.

— 외로움 —

유독 외로움이 많은 여자였다. 곁에 내가 없는 순간에는 혼자 수십 개의 연락을 보내놓기도 했다. 나 역시 당신의 연락이 없을 때면 수십 개의 연락을 보내놓기도 하였다. 하지만 나와 그녀가 결국에 사랑을 시작하게 된 이유는 바로 둘 다 외로움이 많으니 서로의 외로움을 달래줄 수 있을 것 같아서였다. 사랑은 꽃밭에서 시작되는 경우보다, 서로의 황량한 황무지 위에서 시작되는 경우가 더 많다. 함께 찬 바람을 맞으며 그 바람을 이겨낼 수 있기를 바라며.

우리의 사랑은 외로움을 이기지 못해서 시작한 사랑이라고 해도 부정할 수 없는 그런 사랑이었다. 그건 잘못된 게 아니다. 더 서로를 꽉 안아주어야 한다는 의미이지.

그래서였을까. 당신이 내게 이별을 말한 순간에 나는 더 이상 나의 외로움을 달래줄 사람이 없어졌다는 사실에 슬퍼서 펑펑 울면서 붙잡기도 했다. 그런 모습을 본 당신은 결국 나를 다시 받아주었다. 나는 그게 사랑이라고 믿었다. 그대 없는 나를 떠올리는 일이라고 생각했으니까. 하지만 그건 착각이었다.

당신은 당신 없는 나를 떠올린 것이 아니라, 눈 앞의 눈물짓는 나를 감당할 수 없었을 뿐. 우리는 이미 틀어질 뻔한 사이를 나 혼자만의 노력으로 붙잡는 사이가 돼 있을 뿐이었다. 당신은 언제라도 내 곁을 떠날 수 있는 사람이 됐고.

이별을 말한 당신은 아마 내가 또다시 그대를 붙잡을 거라고 믿었을 수도 있었을 것이다. 하지만 나는 이미 충분히 비참했다. 한 명의 노력만으로 이어지는 관계는 다 이긴 줄다리기와 같다. 당신이 놓는 순간 나는 내팽개쳐질 뿐이니까. 우리는 이별하지 않았지만 이별했다.

당신을 붙잡으면 당신은 물론 내 옆에 있어 줄 테지만, 나는 다시 사랑을 이어간다 해도 당신의 차가운 말투와 눈빛을 도저히 견딜 자신이 없었다. 그래서 받아들였다. 당신과의 사랑을 언제까지나 나의 노력으로만 이어갈 수는 없었다. 받아들여야 하는 것은 언젠가는 받아들여야 한다. 마음은 숨긴다고 숨길 수 있는 게 아니니까. 오히려 숨길수록 상대방을 비참하게 만들 뿐.

그렇게 우리는 흔한 다른 연인들처럼 이별했다. 나를 진정 슬프게 한 것은 당신이 내 곁을 떠났다는 게 아니었다.

나만 놓으면 되는 관계를 결국 내가 놓지 않으면 영원할 것이라고 믿었던 사실이 가장 나를 아프게 했다. 내가 놓지 않음으로써 이어지는 관계도 일종의 사랑이라고 믿었던 적이 있다. 그게 얼마나 어리석은 생각인지도 모르고는.

하지만 날 떠난 당신은 조금 덜 힘들었으면 좋겠다. 나 때문에 당신이 아프지 않았으면 좋겠다. 결국 내가 이별을 선택한 이유는 당신의 행복을 위해서였으니까. 지금 이 순간의 내 아픔보다, 짧은 인연을 더 이어감으로써 나 때문에 힘들어할 당신이 눈앞에 선했으니까. 내 곁을 떠나 힘들지 않을 그대를 위하는 것이 나의 사랑이었으니까.

나의 아픔을 감당할 수 있을 만큼 나는 당신의 행복을 빈다. 내가 아플 때 당신이 웃는다면 난 얼마든지 더 아파할 수 있다. 당신이 알아줄 수 없겠지만 그게 내가 당신을 사랑하는 방식이다. 알아줄 수도, 알려줄 수도 없는 방식으로 사랑하며 나는 혼자 사랑을 조용히 눈감는다.

— 청춘 —

내 청춘은 너와 함께한 한철이다. 가장 행복했던 시절도, 가장 힘들었던 시절도 모두 너로 귀결된다. 너에게 사랑받을 때 나의 청춘은 빛났고, 너와 이별했을 때 나의 청춘은 누구보다 어두웠다. 너로 시작해서 너로 끝나는 내 청춘.

가끔은 너를 만나지 않았더라면 하며 후회하기도 한다. 하지만 너를 만나지 않았다면 내 청춘의 사랑은 없었을 것이고, 나라는 사람의 성장도 없었을 것이다.

사랑은 사랑을 넘어 인생 전체에 작용한다. 난 그대를 사랑하며 청춘의 한복판에 있던 것이다. 아픈 추억은 너와의 사랑을 후회하게 만들었지만, 결국 너와의 사랑은 기꺼이 추억할 기억이 됐다. 푸른 봄처럼.

그래서일까, 너와 이별하고 다른 누구도 만날 엄두가 나지 않는다. 뜨거운 여름이 다가와야 할 텐데 그렇게 열렬히 사랑할 수 있을지 모르겠다. 다른 누군가가 과연 너처럼 나를 사랑해줄 수 있을까 하는 의문이 머릿속을 떠나지 않았다.

하지만 나는 흘러가는 계절을 기꺼이 그대로 둘 것이다. 진정한 인연이라면 이런 마음마저 사랑으로 보듬어주고 내 곁에 다가올 것이니까. 푸른 봄이 지나 뜨거운 여름에 우리 모두 한철 여름휴가를 가듯. 누군가도 나의 마음이라는 안식처에.

— 첫사랑 —

각자 첫사랑의 정의는 다르겠지만 적어도 나에게 첫사랑은 이렇다. 사랑을 알게 해주었고, 기억에 많이 남은 사람. 자다 깨 안긴 새벽 네 시 그대 품의 온기 같은.

첫사랑과의 이별은 강렬하게 기억에 남는 법이다. 처음 두 달은 밥도 먹지 않고 매일 술만 마셨던 것 같다. 눈물로 버티고, 혹시나 다시 돌아오지 않을까 생각하며 시간을 보냈다.

못 해준 것들에 대한 후회가 밀려오고, 더 해주고 싶은 것들이 계속 머리를 맴돌았다. 원래 해주지 못했던 것들은 모든 시간이 지나고 나서야 깨닫는 법이다. 한창일 때에 알면 더 좋을 것을. 신은 사랑을 함에 있어서 우리를 현명하게 설계하지 않았다. 이는 분명하다.

어떤 사랑은 영원히 끝나지 않을 것만 같다. 나에게 있어 그런 사람이 바로 너였다. 헤어지던 날 눈물로 이별을 맞이하면서도 받아들일 수가 없었다. 슬프고 아프지만 돌아올 거라는 믿음이 어딘가에는 남아있었다. 하지만 우리는 반드시 알아야 하는 사실이 있다.

그대에게 누군가가 첫사랑이라고 해서, 당신이 똑같이 첫사랑일 것이라는 착각. 나의 첫사랑은 그녀지만, 그녀의 첫사랑은 내가 아닐 수 있다는 사실. 간절히 기다린 연락은 끝내 오지 않았다. 머뭇거리며 다가간 나의 손길은 초라했다. 당신은 이미 잡을 수 없을 만큼 멀리 떠나있었다. 그리움과 당신이라는 주제로 버티며 마시던 술이 나에게만 유의미한 건 참 비참한 일이다. 내 사람은 이미 내 시절을 떠났고 다른 누군가의 한 계절이 되려 하고 있었다. 나는 네가 원망스러웠다.

유치하기 짝이 없는 초콜릿을 주고받는 날.

지나온 나를 옛것 추억하듯 달콤한 초콜릿을 건네는 너는 나에게 쓰디쓴 맛이었다. 세상 모두가 달콤해지는 그날 나는 가장 쓴 사실을 깨달았다. 내가 그리워하는 건 지금의 네가 아니라 행복했던 그때의 우리라는 걸.

지나온 내가 한 조각 기억으로 남아있다는 사실을 이제는 받아들여야겠지. 그래도 나 또한 너의 한 세월로서 남아있기를 바란다. 떠올리면 미소 지을 수 있는.

첫사랑은 반드시 끝난다. 그 사실을 받아들여야 한다.

지금 내가 바라는 건 그저, 내 첫사랑이 너라면 나 또한 너의 첫사랑으로 남아있기를 바란다. 서로에게 처음이 된다는 건 그만큼 힘든 일이니까.

혼자만의 첫사랑을 간직할 그대들도 그럼에도 불구하고 아파하지 않기를 바란다. 서로 첫사랑이 되지 못했음보다 그만큼 누군가를 사랑할 수 있었음이 더 아름다운 일이기에.

이제 정말
이별할까요

참 고생 많았다. 그동안 서로를 버텨내느라. 식어버린 사랑을 열심히 끌고 가느라 부단히도 고생 많았다. 이제는 정말 헤어지자. 서로에 대한 기억들은 가슴 한 켠에 깊게 묻어두고 각자의 삶으로 돌아가자. 가끔 서로가 너무 그리워서 미칠 것 같은 밤이 온다면 열심히 참아보자. 다시 만나도 예전처럼 돌아갈 수 없다는 걸 아니까. 이미 멀어져 버린 우리를 다시 되돌리기에 우리는 너무 멀리 왔으니까. 그러니 그저 잘 지내줘라.

내가 없는 날들이 외롭고 힘들어도 한 번이라도 더 웃으며 지내줘라. 아픈 건 내가 할 테니, 그저 넌 웃으며 너의 갈 길을 향해 삶이 묵묵히 나아가기를 바라며.

— 잘 가요 —

잘 가요. 난 괜찮아요. 우리의 사랑이 여기까지인 걸 어떻게 하겠나요. 아무리 이어가려 애써도 더는 곁에 있을 수 없는데. 변해버린 당신을 계속 바라보는 것만으로도 괜찮았던 나였지만 이제는 안 될 것 같아요. 바라만 봐도 웃음이 나왔던 당신이, 이제는 보고 있는 것만으로 눈물이 날 것 같은데.

이제는 당신이 없이도 행복하게 살아보려고 해요. 당신보다 좋은 사람을 만날 수 있을 것 같다고 말할 순 없지만 노력해보려고 해요. 당신도 나보다 좋은 사람 만나서 나에게 받았던 사랑보다 더 많은 사랑을 받기를 바라요.

만약 내가 떠난 뒤 나를 찾게 된다면 그때 아파해주세요. 무슨 일이 있어도 곁에 있던 내가 한 번쯤은 그립지 않을까요. 익숙함이라는 먼지에 덮여 나의 소중함을 바라보지 않았던 당신이 조금은 아팠으면 좋겠어요.

별이 쏟아진 밤에 하늘을 함께 바라보던 우리의 모습을 떠올리면 적어도 한 번 즈음은 돌아가고 싶다고 나지막이 읊조려주기를 바라요.

걱정하지 말아요. 당신이 아무리 힘들어해도 나의 반의반만큼도 되지 않을 거예요. 당신과 헤어지는 연습을 수없이 했지만, 막상 떠난 당신의 빈자리는 그 무엇으로도 채워지지가 않네요.

마지막으로 당신에게 묻고 싶어요.
정말 나의 빈자리가 느껴지지 않나요?
그만큼 나를 사랑하지도 않았나요?

정말 날 사랑하지 않았다면,

그때 날 보며 웃어주던 그 아이 같던 웃음은 어떤 의미였나요?

당신은 꼭
잘 지내기를

헤어지고 그녀의 불행을 바랐던 적이 있었다. 난 아직 사랑하는데 그런 나를 버리고 가는 그 사람도 나처럼 아파하고 힘들었으면 하는 마음이었다. 나는 그 사람이면 다 괜찮았는데, 그 사람은 내가 아니어도 괜찮았나보다. 그래서 우리는 헤어졌다.

그저 한 사람이 사라졌을 뿐인데 내 모든 일상이 달라졌다. 모든 걸 함께하던 사람이 한순간에 사라지니 그 어떤 것도 손에 잡히지 않았다.

하루를 시작할 때도, 밥을 먹을 때도, 집을 청소할 때도 곁에 있는 건 너와의 추억이다. 추억 속에 사는 건 괴로운 일이다. 앞으로 나아가지 못하고 발걸음을 멈춰선 시간을 먼저 마중 보내고 홀로 쪼그려있는 것 같으니까. 홀로된 소외감, 잃어버린 상실감, 되찾을 수 없는 절망. 온갖.

너도 나만큼 아파하기를 바랐다. 그 아픔만큼 너도 여전히 나를 사랑하고 있다고 믿고 싶어서. 사랑이 있던 자리의 공백만큼 아픔이 들어찬 것이라고 믿고 싶었다. 하지만 아픔은 나 혼자만의 몫이었다. 지나간 후회의 면적에 그녀의 몫은 없었다.

그녀는 내게 할 수 있는 최선을 다했으니까. 실연의 아픔은 후회하는 자의 것이다. 최선을 다한 이에게는 자비도 없을 만큼 고통을 허락하지 않는다. 행복만 선사할 뿐.

그래도 부지런히 시간은 흐른다. 이제는 살만하다. 가끔 너의 흔적들이 내 앞을 스쳐도 더는 울지 않는다. 실컷 울던 시간은 지났다. 너와의 이별도 이제는 끝이 보인다. 너는 곁에 떠나고 없지만 나 혼자만 하고 있던 이별에도 마지막 장이 보인다. 너무 아픈 사랑이었지만 이제는 놓아줄 때가 됐나 보다. 그저 나의 아픔만큼 네가 행복하길 바란다.

꼭 잘 지내주어라. 꼭 행복해라. 다시는 어느 부탁도 할 수 없는 내가 그대에게 하는 마지막 부탁이기에.

사랑은 타이밍이다

결국 사랑은 타이밍이다. 끝이 보이는 사랑을 억지로 붙잡아본 적도 있다. 다가오는 진실을 외면하려고 고개를 돌려본 적도 있다. 고개를 돌려서 난 너만 바라봤다. 이별의 방향에서 다가오는 아픔은 외면하고. 하지만 타이밍이 맞지 않는 사랑은 결단코 이루어질 수 없다. 사랑은 사랑으로만 이어갈 수 있다고 생각했던 내가 얼마나 바보같았는지 깨닫게 되었다. 그런 말도 있다.

남자는 가장 초라할 때 사랑하는 여자를 만나고, 여자는 가장 아름다울 때 자기를 지켜줄 수 없는 남자를 만난다고. 그런 게 타이밍이다. 원한다고 이루어질 수 없는 사랑. 네가 나를 떠난 그 이유도 그랬잖아. 나는 네 손을 잡고 함께 걷기를 바랐는데 넌 각자의 길에서 서로를 응원해주는 것이 사랑이라고.

사랑의 방식이 다르다는 건 참 애석한 일이다. 그 마음만큼은 진짜라면 말이다. 서로를 향한 마음이 진실해도 사랑의 방법이 다르다는 건, 서로 다른 언어로 떠드는 것과 같은 일이다.

눈으로는 감정을 읽지만 아무리 큰 목소리로 이야기해도 닿지 않는 것. 사랑의 방식은 일정하지 않다. 세월이 흘러감에 따라 변해간다. 연인 둘이 만나고, 그 둘이 사랑의 방식이 같을 때 만난다는 건 천운과도 같은 일이다. 결국 사랑은 타이밍이니까.

떠난 너를 떠올리며 눈물짓는 일은 없다. 네가 나를 떠나 정착한 사람이 어떤지 아니까. 손을 꽉 잡으려던 나와는 다르게 너에 대한 무한한 신뢰를 바탕으로 먼발치에서도 응원해주는 것. 가장 가까운 사람과 먼 사람이 동시에 되어주는 것.

가끔 너와의 이별이 아프다는 생각이 들 때면 혼자 생각해본다. 나는 그런 사람이 될 수 없던 걸까. 이제 와서 생각해보면 나에게도 그런 순간이 있었다. 그저 지나왔을 뿐. 우리 둘의 그 시점이 맞지 않았을 뿐.

사랑을 사랑만으로 정의하는 건 이제 그만두자. 내 마음의 방식을 알아주는 사람은 필연적으로 그 사람 또한 같은 방식으로 마음을 표현하는 사람일 테니까.

첫사랑에게

내 인생에 나타나 날 사랑해줘서 고마웠습니다. 당신 덕분에 사랑을 배웠고, 당신 덕분에 이별도 배웠습니다. 언젠가 누군가 나에게 너의 청춘은 어땠냐고 물으면 전 온갖 형용사로 설명하기보다 당신을 떠올리겠습니다.

그렇게 소중한 사랑이라면 지켜야 했을 것을, 철없던 시절에는 가장 소중한 것이 가장 소중한 것인지도 모르는 법입니다. 저는 조금 못되게 굴었고 당신은 내 곁을 떠났습니다.

못되게 굴었던 기억들이 뇌리에 박혀 후회라는 이름으로 저를 밤마다 괴롭힙니다. 해주고 싶은 게 더 많았는데. 언젠가 당신이 물었습니다. 만약에 우리가 이별한다면 어떨 것 같냐고. 으레 어린 시절 사랑이 그랬듯 난 당신에게 영원을 말했지요. 내가 당신에게 말한 '영원'이 이젠 저의 저주가 되어서 저는 당신을 영원히 사랑할 수밖에 없게 됐습니다. 그런데 당신이 곁에 없으니 제가 할 수 있는 건 사랑이 아니라 그리움이겠습니다.

시간이 많이 흘렀고 변한 건 없지만 저는 당신을 원망하지 않습니다. 결국 당신 덕분에 사랑도, 이별도 배웠기 때문입니다.

당신은 저에게 기쁨이고 분노이고 사랑이고 즐거움이었습니다. 제 세상이 회색빛이었다면 당신을 만나 채도가 더 높아졌습니다. 따스했던 그 시절만큼은 아니지만 당신이 지나간 그 흔적만으로도 조금은 다채롭습니다. 그렇기에 당신이 내 시절을 거쳐갔다는 것 하나로 나는 아직도 그리움만으로도 견딜 수 있습니다.

그러니 날 떠난 당신은 조금 더 행복했으면 좋겠습니다. 날 떠나고 만난 그 사람에게 상처받지 않기를 바랍니다. 부디 내가 줬던 사랑보다 더 큰 사랑을 받기를 바랍니다.

저도 이제 다른 사람을 사랑해보려 합니다. 행복하게 잘 지내고 있는 당신의 모습을 보니, 더 이상 제 걱정은 필요 없어 보입니다.

사족이 길어졌습니다.

부디, 행복하길 바라요. 언젠가 당신을 다시 마주칠 일이 있다면, 서로의 행복을 바라며 따뜻하게 웃음 짓기를.

나도 당신의 어떤 세월이기를 바라며.

이별
편지

난 아직도 당신을 사랑했던 그때의 기억으로 살아간다. 잡기에는 너무 아프다. 장미에 가시가 있는 이유가 한철 아름다움을 간직하기 위해서라면 우리 사랑도 한철짜리 사랑이기 때문인 걸까. 놓기에는 여전히 우리는 서로를 사랑한다. 사랑은 사랑만으로 채워지는 것이라고 말하던 우리가 아니었던가.

서로를 놓아줘야 한다는 걸 알면서도 너무 사랑하기에 놓지 못했던 우리 참 고생 많았다.

그저 사랑이라는 이름 하나로 서로의 전부가 되었던 그 시절이 이제는 그립다. 사랑이 뭐가 그렇게 대단한 거라고 그때 그 시절에 서로 죽고 못 살았을까.

만약 사랑의 총량이 있다면, 그래서 우리의 여정이 여기까지인 거라면 난 세상을 뒤져서라도 우리 사랑의 불씨를 찾아오고 싶다. 운명처럼 만나 정해진 운명처럼 헤어져야만 하는 숙명은 나에게 저주다. 당신을 사랑했던 그때의 나, 나를 사랑했던 그때의 당신은 그 누구보다 아름다웠으니까. 반드시 헤어져야만 한다면 운명이라도 기꺼이 거스르겠다.

사랑 하나만으로 살아갈 수 있다고 믿었던 우리니까.

좁디좁은 원룸에서 부둥켜안고서는 서로를 응시하며 서로만 있으면 세상을 다 가진 것 같다고 말하던 게 우리니까. 일어날 일 없는 만약을 가정하는 건 아픈 일이다. 운명을 거스르는 건 강물을 거스르는 것처럼 쉬운 일이 아니니까. 그러니 그때의 기억이 서로를 힘들게 해도 그냥 살자. 우리의 사랑을 잊을 순 없겠지만, 가끔 그렇게 그리워하며 살자. 떠올리는 것만으로는 절대 바래질 일 없을 추억을 나는 계속 추억해본다. 네가 조금은 희미해지기를 바라며.

•

사람은 결국 외로운 존재
혼자서는 살아갈 수 없어서
사랑을 갈구하다가
상처투성이가 돼서는
혼자라도 괜찮다고 신음하다가
상처받는 한이 있어도
누군가의 곁이 낫다는 걸 깨닫고는
용기를 내어 혹은
어쩔 수 없는 발걸음을 내밀며
또다시 사랑에 빠지는 존재

part. 3

만남

— 다툼 —

우리는 외로움이 격동하던 시기에 처음 만났다. 시간의 흐름이 멈춰있던 순간, 서로의 온도가 부딪히며 어떤 종류의 감각이 지나갔다. 어쩌면 우리는 우주의 떠다니는 먼지처럼 서로를 찾아왔을지도 모른다. 내 외로움의 깊이만큼 너의 외로움의 깊이를 단박에 알아차릴 수 있었다. 스스로를 상처준 흔적, 우울감이 젖어있는 눈빛, 앨범 커버마저도 흑백의 플레이리스트. 항상 검정 톤의 옷들과 칼같이 선을 긋는 듯한 외형과 예민함까지.

우리는 서로의 외로움을 안아주며 빠르게 가까워져 갔다.

기적 같은 사랑이고 기꺼이 감사해야 할 연인임에도 불구하고, 자존심이라는 날카로운 가시는 존재했다. 이따금씩 꼭 우리를 쿡쿡 찌르며 저릿한 통증을 안겨줬다. 사랑하기에도 모자란 시간인데. 물론 누구도 사랑하는 이를 미워하며 자신의 마음만을 이기적으로 고수하려고 들지는 않는다. 서로 마음을 헤아리며, 그 아픔을 이해하려 노력한다. 하지만 보통 노력만으로는 충분하지 않다.

영화 <이프 온리>의 남자 주인공이 세상을 떠난 자신의 연인을 살리기 위해 시간을 거슬러 갔음에도 결과는 바뀌지 않았던 것처럼. 어쩌면 모든 결과는 이미 정해져 있는지도 모른다. 그 길에 다다르는 방법만 다를 뿐.

어느 날 우리는 흔한 다툼을 하게 되었다. 어떻게든 풀어나가던 평소와는 많이 달랐다. 우리는 한계에 도달해 있었다. 서로의 자존심이 피장파장 문제를 만들어도 아직 사랑할 여력이 남아있을 땐 번갈아가며 양보하는 게 가능하기 마련이다.

하지만 시간이 갈수록 그 여력은 사라지고, 둘 중 어느 누구도 상대방을 배려하지 않는 시기는 오기 마련이다. 그 예감이 느껴질 시기였다. 단순한 갈등으로 끝나지 않을 것 같은 불길한 예감. 보통 그 예감은 빗나가지 않는다.

왜 너는 항상 나보다 낫다고 생각해?

넌 항상 너만 옳지?

너는 두 마디 외롭게 던지고는 소리 없이 울었다. 사랑이 왜 이리 힘드냐고, 너무 아프다고 살려달라는 말을 하는 것 같았다.

대답하지 않았지만 나는 깨달았다. 우리는 서로의 자존심이 너무 중요해서, 사랑하는 감정조차 무시하게 되었던 것이다.

더 이상의 이야기 없이 정돈되지 않은 방바닥에 앉아 가만히 서로를 마주 보고 있었다. 자존심과 사랑이 정면으로 충돌하는 순간이 돼서야 무엇이 더 소중한지를 떠올려봤다. 그 순간이 돼서야 우리는 서로를 이해했다. 서로의 눈이 아닌 마음을 마주 봤다. 너와 내가 한 번 더 진정으로 사랑에 빠지게 되는 순간이었다.

너의 눈 속에서 나는 슬픔, 분노, 사랑, 그리고 희망이 어우러진 복잡한 감정의 세계를 보았다. 그 세계는 동시에 나의 마음에도 존재했으며, 이제는 서로가 공유할 수 있었다. 그 순간, 우리는 서로에게 가장 소중한 선물을 건넸다.

서로의 진심과 존중, 그리고 사랑. 이토록 진부한 단어들.

이제 자존심 앞에는 '고작'이라는 단어가 붙었다.

'고작' 자존심 따위는 내려놓아졌다.

사랑을 허락한 뒤가 아니다. 진짜 사랑의 시작은 서로의 얄팍한 자존심은 아무 의미 없는 것이라는 걸 깨달은 뒤다. 서로가 서로에게 온전하게 자신을 드러낼 수 있게 되는 것. 사랑과 상처 그리고 자존심과 숨겨놓은 아픔. 그런 것들이 가지는 역학적 관계인 것이다.

그렇게 시간이 흐르고 우리는 서로의 마음을 더 깊이 이해하게 되었다. 그러나 우리는 인간, 완벽할 수 없기에 여전히 자존심 문제로 다툴 때도 있다. 그럴 때마다 다시 한번 그날의 마음을 꺼내보곤 한다.

서로에게 귀를 기울이며 상대방의 입장에서 생각해보기로.

감정을 상황으로부터 격리시키고, 문제의 본질을 함께 찾기로.

솔직한 표현 그러나 공격적이지 않도록, 존중을 담아 이야기하기로.

그 귀한 대화의 과정 속에 이미 자존심은 내려놓아진 후였다. 너와 나의 마음이 다시 열리고 고마움과 미안함이 교차하는 순간, 가시 같은 말로 상처를 주어 미안하다고 용기를 내준 너.

나는 담담히 녹아내렸다.

그날 밤, 우리의 하늘에는 오로라가 떴다.

용서한다는 건 사랑한다는 것

서로를 이해하고 사랑하며 어느새 몇 번의 계절이 지나갔다.

너에게 상처를 준 날이 기억난다. 종일 내게 의지하는 네 모습에 그만 화를 내버린 적이 있다. 너에게 큰 상처를 줬던 것으로 기억한다. 연인 사이가 깊어지며 서로에게 의존하는 것은 어떻게 보면 당연한 일이다. 그저 내가 권태로워졌던 것일 뿐인데. 난 그것을 꼭 그녀의 잘못처럼 이야기하며 버럭 화를 낸 적이 있다.

그녀에겐 씻을 수 없는 상처를, 나 자신에게는 돌이킬 수 없는 후회를 안겨준 것이다.

사과란 그저 미안하다는 말만 건네면 되는 것 같지만 생각처럼 그렇게 단순하지가 않다. 이미 한 번 상대방에게 버럭 화를 내고 나면, 사과를 하는 게 참 민망한 일이 되고 만다. 미안한데, 그 미안하다는 말이 참 어렵다. 뻔뻔하게 화를 내는 것도 어렵다. 그렇다고 내가 준 상처가 치유된다는 확신도 없다. 상처를 준 사람에게도 그만큼의 벌이 내려지나 보다.

망설이던 중, 영화 <이프 온리>가 떠올랐다. 남자 주인공이 원래 운명대로라면 죽었어야 할 자신의 애인 대신 자신이 죽기를 각오하고 건네는 말 몇 마디. 용서를 구하고 사랑을 솔직하게 고백하는 장면이었다.

"사랑하는 법을 알려줘서 고마워, 또 사랑받는 법도."

소중함을 잊고 상처를 주었던 것을 사과하고, 얼마나 많은 사랑을 느끼는지에 대한 고백을. 나도 그 용기를 내야겠다고 마음을 먹었다.

역설적이게도 또한 사과한다는 것은 '미안하다'는 말로 시작된다. 그러나 그것만으로는 충분치 않다. 말은 누구나 쉽게 뱉을 수 있는 것이기 때문이다. 그 언어는 사과의 마음을 전하는 시작을 이야기할 뿐이다. 사과는 내가 저지른 잘못을 충분히 인정하고, 그로 인한 상대방의 상처를 이해하며, 그 상처를 치유하려는 진심 어린 노력의 시작이어야 한다. 그리고 단순히 내 입장이 아닌, 상대방의 입장에서 생각해보는 것이 중요하다. 그것은 상대방이 느낀 아픔과 슬픔을 이해하고, 그 상처에 대한 책임을 지려는 진심이다. 말을 내뱉는 것이 아니라, 벌어진 일에 대한 책임감이야말로 진정한 사과인 것이다.

더 늦게 후회하기 전에.

또 사과는 용서를 구하는 것이 목적이 되어서는 안 된다. 상대방의 마음에 존재하는 상처와 아픔을 치유해주려는 진실된 마음이어야 한다. 누군가에게 받은 상처로부터 지켜줘야 할 것, 더욱이 나아가 나에게는 사랑만 받아갈 것. 그것이야말로 사랑의 요소이기에.

용기를 내 전화를 걸었다. 진심 어린 용서를 숨죽이며 전했다. 너의 슬픈 눈빛으로 인해 가슴이 미어진다고. 기다리기 어려운 침묵이 지난 후, 너는 떨리는 목소리로 나를 용서해주었다.

내가 시간이 흐른 지금에도 당신을 잊지 못하는 이유 중 하나다. 언제나 날 용서해주었던 너. 용서는 사랑의 증거이다. 언제나 용서한다는 것은 언제나 사랑한다는 것. 그때는 그 용서의 참된 의미를 알지 못했다.

후회는 아무리 빨라도 늦고 상처는 아무리 얕아도 상처다. 용서는 언제 해도 감사하며 사과는 반드시 진중해야 한다. 그리고 이 모든 건 사랑이 허락한다. 상처 준 누군가의 마음에 귀를 기울이는 것에 그대가 망설이지 않기를 바란다.

따듯한
채색

유독 자존감이 낮은 그녀였다. 지나온 세월에 상처를 많이 받은 탓이었을 거라고 생각한다.

그녀의 내면 깊게 자리 잡은 외로움은 나에게도 와닿기 마련이었다. 그녀의 눈에 비친 그 어둠은 눈물 나게 안아주고 싶을 정도로 서글픈 감정이었다. 하지만 사랑하는 사람이라는 자격만으로 상처를 마구잡이로 파헤쳐서는 안 된다. 오히려 모른 척 감싸주며 서서히 안아줘야 하는 법.

그녀의 눈빛 속에 비치는 슬픔과 절망에는 여러 감정이 녹아있다. 그런 그녀에게 내가 할 수 있는 일은 오직 따뜻한 위로와 사랑을 쉼 없이 전하는 일이라고 생각했다. 사랑하는 사람의 자존감을 돌보는 것은, 마치 시들어버린 화분을 들고 싱그럽게 피우기 위해 비를 맞으러 다니는 것과 같다. 사랑하는 사람을 위해 기꺼이 비바람을 맞더라도 당신을 피우기 위해 풍파를 견디는 것.

쉽지 않은 순간들이 가득했지만 마음은 결국 닿는 법. 가만히 앉아 우리는 늘 손을 잡고 있었다.

그녀의 상처받은 마음이 온전히 회복되기까지는 긴 여정이겠지만, 서로의 사랑과 깊은 진심의 지지라면 극복할 수 있지 않을까. 그리 믿었다. 지쳐가는 순간에도 많은 벽을 뚫고 나온 너의 미소가 다시 나에게 닿을 때면, 세상에서 가장 아름다운 존재를 본 느낌을 받을 수 있다. 그녀는 화사하게 미소 지을 때 가장 아름답다.

아. 사랑하는 사람의 자존감을 채워주는 것은 어떤 상황과 시간이라도 함께하는 것, 변화 속에서도 똑같이 믿고 응원하는 것이구나. 물론 무엇도 한 번에 해결되는 일은 없다.

누구보다도 섬세한 감정의 소유자인 그녀는 지나칠 정도로 여리다. 그녀의 눈은 슬픔이 담긴 비밀의 호수와도 같다. 노력에도 불구하고 때로는 그 호수의 물결에 휘말려 빛을 잃어버리기도 한다. 그럼에도 불구하고 그 아름다움을 내가 잃어버리지 않는다면, 혹여나 당신 자신이 그 아름다움을 잃어버린다고 해도 말이다. 괜찮다. 언제라도 내가 다시 찾아와주면 되는 거니까.

슬픔이 가장 깊어질 때, 내가 말없이 손을 꽉 움켜쥐고. 무엇도 없는 내 손에 당신 손이 전부인 것마냥 절실함을 담으면, 작은 힘으로 움켜쥐는 너.

그렇게 우리는 함께 사랑의 파동을 주고받으며 잃어버린 각자의 무언가를 함께 찾아가는 여정을 나눈다.

세상의 끝에서도 혼자 두지 않을게.

그렇게 고통이 아닌 또 다른 눈물을 네가 흘릴 때. 아픔과 슬픔, 그 뒤섞인 어지러움 가운데 희망의 불씨를 놓지 않은 채. 우리는 같이 걷자. 하나의 길도 넘기 힘든 그 길을 수없이 함께하며 따스하게 내리쬐는 빛이 우리를 비추는 그날을 바라고 바라며.

월요일에 덕수궁 돌담길을 걷자. 나뭇잎 사이로 햇살이 머리 위에 앉고 그 온기가 마음까지 퍼지는 것을 느끼며 걷자. 연인들이 많이 보이는 사이 우리도 똑같이 섞여 있다면 좋겠다. 지나치는 사람들의 얼굴들을 보면 모두 행복해 보이고, 우리도 그렇게 보이겠지. 다른 사람들과 같이 그렇게 평범하게. 조금은 유별나게 어두울지도 모르는 네가 내 옆에서만큼은 평범한 행복을 누리는 거다.

미술관에도 가볼까. 당신은 그림이 좋단다. 시립 미술관이 휴관이란다. 아무렇지 않게 다른 일정을 만들면 된다.

커다랗게 마구잡이로 추상화를 그려서는 벽에 걸어둔 카페를 찾아 둘만의 일상을 누리자. 이야기를 나누어도 되고, 그저 말없이 걷다가 배가 고파지면 종로의 길거리 분식을 먹어도 되겠다. 전부 사랑이겠다.

당신은 자책을 할지도 모른다. 자기 때문에 미술관을 위해 나왔는데, 휴관이라 너무 미안하고 슬프다는 것이다. 아니 괜찮다. 휴관마저 추억이 될 수 있잖아. 어딘가 여정을 떠났다가 다시 돌아오는 일도 특별한 경험이 될 수 있다고 나는 자세하게 설명해주겠다.

누군가에게는 쉽게 넘을 수 있는 아주 작은 벽 하나가 너에겐 마음이 무너지는 일이 된다는 게 싫으니 난 세상의 통념이라도 바꿔보겠다.

어느덧 내가 제일 잘하는 건 너를 인내하는 일이 됐다.

일관되게 너를 응원해야 했다. 어떤 과거의 시간들로 인해 이렇게까지 무너져있을까. 이런 스쳐가는 생각들은 중요치 않다. 지금부터, 나와 함께하는 이 시간들이 너를 새롭게 만들 것이다.

나는 미술관 앞에서 오랫동안 참아왔다는 듯 펑펑 우는 너에게 따듯한 채도의 색으로 우리들을 채워갈 것이다.

기억
해내자

처음 사랑에 빠졌던 날들은 누구나 강렬히 기억할 것이다.

낯선 사람으로 시작해 사랑에 빠져 가장 가까운 사람이 되는 것. 그것이 대부분 사랑의 시작이다. 사랑에 눈이 멀어도 바보가 되어버리는 날들. 누가 봐도 빛이 나는 사람을 사랑한다는 건 쉬운 일이 아니다. 주위에 멋진 사람들이 가득하기 때문에.

또한 빛이 나는 사람과 사랑에 빠진다는 건 꿈만 같지만, 한편으로는 자신의 자존감을 지킬 수 없게 되는 일이기도 하다. 내가 이런 사람을 만난다는 게 너무 꿈만 같아서 현실을 자각하지 못하고 나 자신을 온전히 지키지 못하게 되기도 하기 때문이다.

상대방의 사랑을 얻기 위해 나 자신을 잃고 상대방의 템포에 모든 것을 맞추다 보면, 어느새 자신을 잃고 상대방의 행동 하나하나에 눈치를 보고 지쳐갈 수 있다. 연인 간의 문제만 해도 그렇다. 너무나 빛나는 상대의 모습에 주변 이성 친구들 하나하나가 나를 위협하는 존재로 느껴진다.

사랑할 때 꿈 같은 시간은 아주 잠깐이다. 너도 나에게 그러하였듯 꿈같은 시간은 영화의 초반 전개처럼 빠르게 지나가고, 어느새 너를 의심하고 너의 친구들을 의심하는 나를 발견하는 괴로운 날들이 다가오게 된다. 너에게 울리는 문자 하나, 일상적인 술자리들까지 온 신경이 쓰일 때. 내가 무언가 잘못되고 있다.

사랑하는 사람에 대한 의심이 피어오르면, 나도 모르게 똑같이 행동하게 될 때가 있다. 굳이 가지 않아도 되는 술자리를 하고, 연인의 주변 사람들에 대한 적개심으로 자신 또한 의미 없이 의심할 만한 이유를 만들어 내 고통을 똑같이 느끼게 하고자 하는 모난 마음이 생기기도 한다.

그리고 그 모든 행동을 정당화하여 연인과의 싸움에서 적반하장을 하며 모든 탓을 연인으로 돌리는 실수들을 저지르고 만다.

적반하장. 연인 간의 최악의 마음이다. 해서는 안 되는 그런 못된 짓이다.

난 사랑하는 사람에게 그러했다. 지난 시간이 마치 내가 피해자인 것처럼, 똑같이 돌려주고자 하는 그런 유아적인 마음으로 그녀를 대했다. 그로 인해 네가 힘들어하면, 나를 향한 사랑을 확인받는 것 같았다. 내가 아파한 만큼 너도 아파하는구나.

너도 내가 너를 사랑하듯 나를 사랑하고 있구나. 잘못된 방식으로 사랑을 확인받고 있었다.

그런 감정을 가지면서까지 그녀에게 상처를 줘서는 안 됐는데.

소소한 일상을 사랑하는 것만으로도 충분히 서로의 좋은 시간을 보낼 수 있는 순간들을, 의심과 다툼으로 망쳐버리게 됐다. 모든 관계의 잘못을 상대방에게 전가하고 자신은 완전무결한 듯 행동을 너무 쉽게 저질러서는 안 된다. 그 작은 행동이 벌어져 결국 관계까지도 망쳐버리는 결과를 만들기 때문이다.

결국 모든 잘못은 나에게 화살이 되어 돌아오는 법이다. 의도가 악하면 결국 나는 악인이 될 뿐인 것이다. 사랑하는 사람에게 악인이 된다는 건, 정말 최악의 일이다.

그녀가 얼마나 아름다웠는지, 얼마나 원해서 이 사랑이 시작되었는지를 잊지 말자. 누구에게라도 사랑받을 수 있는 사람이 그 모든 기회를 포기하고 나를 만난다는 사실을 기억해내자. 봄의 온도와 여름의 싱그러움을 내게 전해주었던 그 사랑의 시작을 계속해서 상기시켜야 한다.

노을 지는 해 질 녘 강물이 보석처럼 반짝이는 아름다운 오후의 한강. 그녀와 걷던 산책길이 떠오른다. 그 미소와 눈빛이 노을보다 찬란하던 그날이 다시금 지금 내 마음을 녹인다. 지금까지의 갈등과 의심은 아무것도 아니란 듯이 그 짧은 장면들이 지금의 나를 깨운다. 이 사랑이 얼마나 귀했는지를.

자연스럽게 모든 감정이 흐르도록 두면 안 된다. 익숙함에 속아 소중함을 잊지 말자는 흔한 문구는 연인 사이에 대한 많은 것을 담고 있다. 소중한 것은 언제나 바로 옆에 있으며, 옆에 있을 때는 그림자에 가려져 그 빛을 까먹기도 한다.

이제 그 그림자를 걷어내자.

물론 노력이 필요하고 갑작스러운 당신의 새로운 모습에 상대방이 당황스러워 받아들이는 데에 시간이 걸릴 수 있다. 나한테 무슨 잘못을 했냐는 말을 들을 수도 있다. 그 모든 것에 그대로 맞서고 사랑을 이야기하고 믿음을 주자. 나에게 느껴지는 자격지심과 의심이 피어오르는 마음에 대해 그 원인을 스스로에게서 찾자. 잠시 주어진 귀한 연인과의 시간, 나이 들어 바라본다면 모든 순간이 아쉽고 아름다울 뿐이다. 그 아름다운 회상에 상처 입은 모습으로 기억되지 않는 당신의 미래를 조용히 응원하겠다.

가진 것을 전부 주고도 아쉬운 마음

모두가 부러워했다. 함께 발걸음을 맞춰 걷는 모든 길이 자랑스러웠다. 사실 그녀라는 존재가 내게 와준 걸 믿을 수 없었고, 현실감을 느낄 수 없었다. 사랑한다는 말도 그녀를 향한 내 마음을 전혀 담아내지 못했다.

지킬 수 있었다. 세상 모든 상황으로부터 널 위해서라면 맞서 싸울 마음이었다. 사람은 어쩔 수 없이 피할 수 없는 순간들이 온다.

그런 순간에 그녀를 위해 내가 죽음을 각오해야 한다면 기꺼이 그러리라 생각했다. 내 모든 것을 주어도 아깝지 않을 만큼 사랑한 사람이었기에. 좋아하는 가수와 노래 가사가 있다.

프랭크 오션 첫 믹스테입의 “American wedding”

“Well you can have my Mustang, that’s all I’ve got(어퍼스트로피) in my name”
내 머스탱은 가져가, 내 명의로 된 것은 그게 다야.

이 가사 한 줄과 같은 마음이라고 느꼈다.

연인이 정말 귀하다면 아무에게나 느낄 수 없는, 내가 가진 것이 하나뿐이어도 주고 싶은 마음을 느낄 수 있다. 나에게 아무것도 남기지 않고 가져가도 좋다는 그런 순수한 사랑의 마음 말이다.

하지만 이 모든 것은 표현하지 않으면 상대방에게 전달되지 않는 법이다. 무엇보다 강력한 진실인 마음이지만, 입 밖으로 상대방에게 꺼내지 않으면 이 세상 누구도 그 마음을 가졌다는 사실을 알 방법은 없다. 그 감정을 숨길 수 없을 정도로 서툴다면 오히려 좋겠지만, 숨겨버리는 일을 우리는 곧잘 하곤 한다.

빛이 나는 연인의 모습이 자신을 초라하게 만든다고 생각하는 실수를 우리는 또 반복하기 때문이다.

자기 자신의 마음을 솔직히 표현하는 것은 결코 자신을 낮추는 일이 아니다. 아니, 낮추면 어떤가. 사랑하는 이를 높이고 나를 낮춘다면 그건 사랑을 위해 자신을 내려놓을 수 있는 큰 가치다. 그땐 알지 못했다. 하지만 몰랐던 지난날을 원망하는 일은 불필요하다.

모든 것은 타이밍이기에.

그저 그때의 당신은 그것을 깨달을 수 없었을 인생의 한때였을 뿐이다. 하지만 또한 타이밍은 만들어가는 것이기도 하다. 끊임없이 솔직하게 표현해주는 연인에게 자신의 마음을 표현하지 못하는 것은 연애에 있어 큰 장애물이다. 작은 미소를 전하는 것으로 시작하자. 상대방의 표현을 통해 나 혼자만 사랑을 확인하는 것이 아닌, 나 또한 아낌없이 함께하는 순간 느껴지는 모든 것을 전해주자. 우리의 만남은 찰나의 연속이기에, 표현은 아무리 해도 부족함이 없다.

사랑을 나누는 일생의 짧은 그 순간들에 마음을 온전한 모양으로 전하지 못한다면, 그로 인한 후회의 시간은 사랑의 시간의 배로 이어질 것이다. 혼자 방구석에 쪼그려 앉아 소리 없이 지난날을 그리는 밤으로 가득 채우는 후회의 시간은 당신의 생각보다 고통스럽다.

밤이 깊어도, 아침이 밝아도 잊지 못하는 그런 시간이 오기 전에, 이름만 떠올려도 가슴이 먹먹해지고 울컥하는 마음을 겪기 전에 후회 없는 표현을 나누자. 하루를 마치고 털레털레 걸어오는 연인에게 뛰어가 말없이 세게 안아주자.

우리 모두 삶의 무게를 지구의 무게만큼 짊어지고 살아가고 있기에.

시간은 모두에게 여지없이 공평하게 지나간다.

공평한 시간 속에 가만히 바라보며 마음을 숨기는 것에 에너지를 쏟지 말자. 그렇게 놓치고도 잊지 못하는 혼자만의 이별을 또 겪어야 하는 아픔은 이제 뒤로하자. 당신의 사랑이 안녕하기를, 그 마음 그대로 표현하는 용기를 더하기를 바라는 내가 여기 있다.

시간을
건너

사랑했던 사람과 이별하면 그 아픔을 잊기 위해 우리는 많은 일을 시도한다. 일에 몰입하거나, 매일같이 친구들을 만나 억지로 시간 속에 나를 던져놓거나, 어떤 방법이라도 찾아내야만 한다. 가만히 앉아서 고통받다가 새벽에 술에 취해 전화하는 실수는 하지 말아야 하기에.

정신없이 하루하루를 넘기던 날들 속에서 오랜만에 이른 저녁 집에 들어가던 날이었다. 나도 모르게 엘리베이터에서 눈물을 쏟았다.

도대체 무슨 감정이 나를 괴롭히는 걸까. 누구보다도 잘 지내는 요즘의 내 모습에 주변이 응원하고 모든 일이 잘 풀리는 시기다. 그러나 아픔은 한 번씩 우리를 잠식한다.

모든 것에 당당하고 싶을 때가 있다. 누구에게도 상처받지 않았고, 상처를 받았다면 원인 제공은 나였을 테니 모든 책임은 나다. 당신도 나도 이렇게 책임감이 강하다. 호구의 연애를 한다는 소리를 듣더라도 신경 쓰지 않을 만큼. 내가 그토록 사랑하는 사람에게 쏟은 시간이기 때문에 기꺼이 호구가 되어도 좋다는 생각으로 연애를 이어왔다.

그것이 내가 생각하는 이상적이고 성숙한 사람이기에. 그런데 아무래도 나는 나 자신을 자랑스럽게 여기기에는 틀렸나 보다.

호구의 연애를 한 사람은 모든 연애가 끝난 후 상처가 아직 아물지 않았음을 느끼곤 한다. 자신이 좋아서 시작한 연애의 모양새겠지만, 존중받지 못하고 일방적으로 준 사랑에 대해 후회스럽다. 벼랑 끝에 서 있는 기분이 해일처럼 밀려올 때가 있다.

좋아하는 철학자 니체가 말했다.

죽음을 눈앞에 인지하고 살아가는 삶이 인간이 가질 수 있는 가장 높은 삶의 모양이라고. 그 삶의 모양을 하고 있는 것처럼, 나는 사랑에도 모든 걸 쏟는다. 이 사랑이 끝날 것을 알아도. 모든 걸 쏟은 사랑이 끝날 때 삶조차 끝나버린 느낌을 받는다고 해도.

당신은 호구가 아니다. 아니 이제부터라도 그래야만 한다. 이미 지나버린 연애에 대해서는 실컷 울 만큼 울어도 좋다. 힘든 걸 티 내도 된다. 친구에게 전화를 걸자. 감정을 쏟아내자.

당신의 진정한 친구라면 30분간 말없이 흐느끼는 당신에게 작은 소리로 괜찮다 하며 온전히 그 슬픔의 시간을 들어줄 것이다.

지나온 시간이 존재했기에 지금의 당신이 존재할 수 있다. 그 모든 시간 건너오느라 수고했다. 단 한순간도 마주하지 않고 넘길 수 없는 것이 우리의 인생, 그 모든 사랑의 고통을 느낀 당신을 위해 어깨에 살포시 손을 대주고 싶다.

지금부터 당신은 감정이 오는 대로 휘말려서는 안 된다.

마음 가는 대로 살아가는 게 자연스러운 모양이지만, 때로는 스스로 마음의 방향을 만들어야 한다. 지금의 당신 그리고 내가 그렇다. 말없이 30분간 눈물을 쏟는 나의 모습이 지나고, 괜찮다 하는 친구의 작은 위로. 정말 신기하게도, 조금씩 나아진다.

다시 힘을 낼 수 없을 것 같았던 그 심연에서 일어남을 느낄 수 있게 된다.

한동안은 괜찮을 것이다. 그 한동안이면 충분하다. 사람과 사랑의 상처들로 망가진 사람을 한 번에 고치는 것은 불가능하다.

빼뚤어진 시곗바늘이라 하더라도 쥐어짠 힘으로 태엽을 감자. 언젠가 당신을 고쳐줄 당신이 만나야 하는 그 사람이 어느 시점에서 기다리고 있다. 그 시간을 향해 힘껏 달려가는 거다.

누구보다 진실했을 뿐. 그 진실한 사랑을 받을 준비가 되지 않은 사람들을 만나 사랑이 금방 끝나게 되는 것은 어쩌면 당신에게는 축복이다. 더 성숙하고 진실한 사랑을 나눌 상대를 위해 지나가야만 하는 경험이기 때문이다. 사랑 때문에 받은 상처의 깊이는 쏟은 사랑의 크기와 비례한다.

자신을 아끼지 않고 계산 없는 사랑에 모든 것을 쏟은 당신이 자랑스럽다. 그래서 지금 느끼는 그 아픔의 시간조차도 아름답게 느껴진다. 사랑은 반드시 주고받는 것. 무언가를 바라고 행동하진 않겠지만 소중한 마음을 전했을 때 그 마음을 다시 전해줄 수 있는 그런 사랑이 당신을 기다리고 있다.

사랑은 원래 기다림이다

상처에 또 한 번 상처를 주는 일은 생각보다 중독성이 강하다. 우울한 무드의 노래를 켜놓고, 작은 조명만으로 방을 비춘 후 자신의 아픈 기억에 대해 깊이 파고드는 행위를 어쩌면 우리는 즐기고 있는지도 모른다. 그러나 그런 행동들이 반복되면 그 우울감은 깊어질 것이고 결국 자신을 자책하게 된다.

요즘의 나는 이전보다 걸음이 늘었다.

생각을 끄고 걷는 걸음이 내 감정을 가라앉히고 내 몸의 감각들을 새로 깨워준다. 을의 연애를 오래 했다면 이미 몸에 습관이 배어 또 쉽게 전과 같은 연애를 반복할 수 있다. 머릿속에 다시 복잡한 생각들이 쏟아지는 때에는 우선 신발 끈을 묶자. 목적지 없는 걸음을 시작하자.

거리의 사람들의 표정들을 보고, 길거리에서 흘러나오는 음악들에 귀를 기울이자. 지나치다 들른 처음 가보는 카페에서 우연히도 당신이 좋아하는 음악이 흘러나온다. 인생은 그렇게도 신비롭게 이루어져 있다.

그리고 세상 한가운데 존재하는 자신을 온전히 느껴보자. 사랑은 무엇보다 소중하지만, 그것보다 앞선 건 자신의 소중함이다. 운전을 자주 했다면, 대중교통을 이용하고 가까운 거리는 걸어보자. 그렇게 자신을 환기하는 것이 첫 번째이다.

이전의 연애에서 상처가 많다면, 트라우마라는 단어를 쉽게 떠올릴 수 있다. 트라우마로 인해 다시 새로운 사랑을 하기 힘들고 또 누군가를 만나면 을의 위치를 자처할 것만 같은 두려움이 앞선다. 지난 기억들에 트라우마라는 단어를 연관 짓지 말자. 좋았던 일들만 기억에 남기자. 누구도 아닌 자신을 위해서.

연애에 있어 갑을 관계가 존재한다는 것은 너무도 슬픈 사실이다. 그러나 실제로 일어날 수 있는 관계다. 사랑과 관심의 크기가 한쪽으로 치우치는 연인을 우리는 주변에서 너무도 쉽게 볼 수 있기 때문이다.

연애의 시작에 온전히 자신을 보이지 않고, 상대방에게 맞춰 마음을 얻으려다 어느새 을의 위치에서 연애를 갈구하는 실수가 반복되는 것이다. 지금의 당신이 아무리 누군가에게 호감이 생긴다 하더라도 자신을 억지로 바꾸면서까지 그 관계를 만들어가지 말자. 아니 시작의 첫 단추를 절대 그렇게 채워서는 안 된다.

그렇게 된다면 끊임없이 가면을 써야 하고, 어느새 상대방은 모든 것을 맞춰주는 당신이 당연해질 것이다.

있는 그대로의 자신을 보였는데 사랑이 이뤄지지 않는다면 인연이 아니라고 생각하자. 당신의 인연은 반드시 가장 적합한 타이밍에 만나게 돼 있다. 어쩌면 그 시간까지 가만히 기다릴 줄 아는 것도 사랑의 성숙한 방법이다.

서툴게 시작하여 망쳐버리는 연애를 반복하지 말자.

당신의 진심을 받을 준비가 안 된 사람들에게 에너지를 쏟는다면, 정말 중요한 때에는 지쳐버려 귀한 사랑을 놓쳐버리게 될 수 있다. 자기 자신에게 집중하고 사랑한다면, 그 모습에서 매력을 느끼고 다가오는 인연들을 발견할 수 있다.

사랑은 오직 상대의 기분만을 좋게 해주기 위해 내 모든 것을 포기하는 일이 결코 아니다. 서로 교감하고 자극을 주고받고 존중이 있어야 한다.

그리고 갑의 위치에서 연애를 즐기는 것에 익숙한 이들 또한 기억해야 한다.

누군가 온전히 호구처럼 모든 걸 쏟는다면, 당신이 대단해서 그 사랑을 받는 것이 아니라는 사실을. 그 순수하고 소중한 마음을 귀하게 여기는 당신이 되기를. 그 사랑이 모두 소진된 후에 돌아보는 당신이 되지 않기를.

나는 언제까지나
나로서 마주할 것

인생 가장 찬란한 연애의 순간을 떠올려본다. 어린 시절 나의 연애를 돌아보면 최근의 연애들과는 달랐다. 온전히 나의 모든 것을 지지해주고 말없이 나라는 한 사람의 존재를 그저 바라봐주던 그 사람이 떠오른다.

그런 시절이 있었지. 나이를 먹을수록 많은 변화를 겪고 다시 태어나는 것 같은 느낌을 받는 지금, 잊고 지내던 기억들이 나를 환기한다. 사랑에 대한 태도는 나이를 먹을수록 변한다.

수많은 기억 중, 그때의 우리가 유난히 진하게 떠오르는 이유는 나 자신을 사랑하고 그다음 너를 사랑했기 때문일 것이다. 그렇게 할 수 있던 건, 아마 나도 모르는 너만의 응원 방식이 있었기 때문이겠지. 내가 나를 살펴보고 사랑할 수 있도록 배려해준 너라는 걸 그때는 몰랐다.

인사동을 걷다 길거리 좌판에서 파는 싸구려 액세서리를 사줘도, 아낌없이 행복함을 전해주던 너로 인해 내가 가치 있는 사람이구나 하는 생각을 할 수 있었다. 그로 인해 나 스스로가 가치 있는 사람이라고 느껴졌고, 그런 줄만 알고 살았다.

건네는 선물의 값어치보다 받는 사람의 행복이 나를 더 가치 있게 규정했다. 그땐 그럴 수 있었다. 철없던 그 시절의 사랑엔.

네가 아닌 다른 이들을 만났을 때 내가 사랑하던 내 모습들이 사라지는 것을 보며 난 깨달을 수 있었다. 네가 준 사랑이 얼마나 값어치 있는 것인지. 자랑스러운 내 모습 또한 네가 나에게 준 선물이라는 것을.

다시 너와 같은 사람을 만나게 된다면, 두 번 다시 같은 과거를 되풀이하고 싶지 않다. 그래서 나는 이제 나 자신의 내면을 직접 채우려고 한다.

받는 사랑이 나쁘다고 이야기하고 싶은 게 아니다. 너무 많은 사랑을 받고 그것으로 날 채워내면 그 사람이 떠난 자리를 감당할 수 없게 된다. 냉정할지 몰라도 어른스러운 사랑은 나 자신으로 먼저 나를 채우는 것이라는 걸 깨달았다.

특별한 일이 없어도, 가끔 나를 위해서 선물을 하기 시작했다. 친구들과의 반복적인 술자리를 줄이고 나에게 예쁜 니트를 선물했다. 그리고 어느 때보다도 깔끔한 얼굴과 내가 좋아하는 클린 레인 향을 몸에 뿌리고, 기다렸던 영화를 지하철을 타고 보러 간다.

나 자신에게 신경 쓰기 시작했더니 얼굴색이 좋아졌나보다. 주변에서 좋은 일 있냐는 이야기를 많이 듣는다. 마음의 안정은 물리적으로 이어져 외모에도 변화를 주고, 거울 속의 나를 보고 더 큰 만족감들을 얻기 시작했다.

그런 긍정적인 날들이 이어져 지금의 나는 어느 때보다도 단단해져 있다.

이제는 나 자신의 자존감을 낮추지 않고, 상대방에게도 충분하고 올바른 사랑을 줄 수 있을 만한 사람이 되었다고 강렬하게 느낀다.

가끔 외로움에 뒤척이는 밤이 찾아오기는 하지만, 그렇다고 그 외로움을 해소하기 위해 누군가를 찾아다니는 일은 하지 않는다. 오롯이 나를 위해서. 그리고 언젠가 다가올 누군가를 맞이할 준비를 지금부터 하는 것이다.

가까운 사람일수록 귀하게 잘 대해야 한다고 했었다.

나와 가장 가까운 사람은 자신이란 것을 기억하길.

—

정말로
사랑한다면

—

우리는 가로수길에서 골목으로 한참 들어가야 나오는 어느 원테이블 음식점에서 처음 만났다. 자연스러운 만남만을 좇던 나에게는 익숙하지 않은 소개였지만 너는 자연스럽게 내 삶에 스며들었다.

골목에 구석진 작은 가게였지만, 지중해를 닮은 그 공간은 너의 단골집이라고 하였다. 새로운 사람에게 나를 다시 보여야 한다는 생각에 약간의 겁이 나기도 했다.

큰마음 먹지 말고 가볍게 다녀오자. 외로움에 몸서리치던 나는 역시나 사랑에 빠지게 됐다. 사랑은 역시 타이밍이다. 완벽한 이상형을 만나도 누군가를 만날 준비가 되어있지 않은 사람은 사랑에 빠지기도 어려운 법이다. 누군가를 삶에 들일 준비가 되어있다면 그때 만나는 것 또한 운명이지 않을까 나는 생각한다.

많이 긴장했던 탓일까, 평소보다 말이 많아진 내 모습에 내가 놀란 날이었다. 누군가를 만나 많은 이야기를 하고 집에 돌아올 때면, 내가 말실수를 하지 않았나. 나를 너무 보인 게 아닌가 하는 생각으로 괴로울 때가 많았다.

그런데 너는 달랐다. 나의 민낯을 보이는 게 자연스러웠다. 뱉은 말에 대한 후회와 같은 부정적 감정보다는 앞으로 우리가 또 어떤 시간들을 어떻게 그려가게 될지 설레며 귀가하는 내 모습을 볼 수 있었다.

내게 맞지 않은 옷을 입으며 어색한 모습을 보이는 것에 익숙했던 내게 너란 존재는 있는 그대로의 나로서 살기로 마음을 먹게 만들어주었다. 이토록 자연스럽게 우리는 사랑을 시작했다. 흔히 연애를 시작하면 멀어져 있는 시간에 불안해지고, 나의 혼자만의 시간과 상대의 시간을 존중하지 못하게 된다. 집착 같은 이유로 말이다.

마음의 여유가 없을 때 사랑에 빠지면 상대방의 시간까지 소유하려고 들고, 모든 것을 공유하지 않으면 사랑이 아닌 것처럼 정의하게 된다.

다행히 우린 달랐다. 각자의 시간을 존중하고, 서로 멀리 떨어져 있어도 서로 어깨에 기대어 있듯 함께 있는 것처럼 느끼게 해주는 사람이었다. 연애할 때도 혼자라 느꼈던 내게 너는 한 줄기의 희망이었다. 자신감을 심어주고 사랑받을 만한 가치 있는 사람이라 늘 말해준다. 그러곤 상대보다 자신을 먼저 생각하라고. 그리고 자신도 그리하겠다고. 적절한 거리가 있어야 각자 나답게 살 수 있는 것 아니겠냐고 말이다.

질투와 집착을 반복하며 자신을 갉아먹는 힘든 연애를 하는 게 아니라 편안한 나의 모습으로 상대를 사랑하는 일. 존중받고 있다는 느낌이 드니 더 표현을 하려 노력하고 우리 관계에 벌어진 일에 대해 한 번 더 생각하며 조심스레 행동하게 된다. 그렇다. 나를 사랑하지 않으면 그 누가 온전히 사랑할 수 있겠는가. 난 그저 사랑받고 싶은 유치한 어린아이였다. 너를 만나보니 아기가 걸음마 떼듯이 사랑에 대해 하나씩 배우게 된다. 네게 배운 성숙한 사랑은 더 이상 나를 외롭지 않게 만들어주었다.

누군가의 손을 꼭 잡고, 품에 안아도 공허했던 내 마음속이 언제부턴가 꽉 채워지기 시작했다. 사랑을 잘못 배웠구나. 나의 반쪽짜리 사랑은 너로 인해 완성됐다.

시작,
다시

집착하다보면 스트레스가 늘고 나의 일상생활에 어려움이 생긴다. 나의 경우 핸드폰을 자주 보며 오지 않을 연락을 기다리며 시간을 보냈다. 고통의 시간은 어째서 느리게 가는지, 그 사소한 연락 한 통을 기다리는 순간은 나를 힘들게 만들었다. 보통 이런 사소한 것도 신경 쓰지 않냐고 상대에게 한마디 하지만 나는 이 사소한 것 하나 때문에 스트레스 받는 나 자신이 싫었다. 이런 작은 점 때문에 우리 관계에 금가는 게 싫고, 기분이 울적해지는 나 자신이 한심했다.

쉽게 화를 내고 기운 빠진 상태로 무기력한 모습을 보자니 가끔은 그냥 사랑 따위 하지 말아야 할까 싶다. 이런저런 생각으로 잡념이 늘어날 때쯤 나는 바다를 보러 간다. 잠시 핸드폰을 내려놓고 시간 될 때 자연 풍경이라도 보는 건 어떻겠냐는 정신과 선생님의 말 한마디에 뭐가 바뀌겠는가 싶지만 속는 셈 치고 해봤다. 당장 내 마음이 불안한 건 여전하다. 역시 사람은 쉽게 바뀌지 않는다. 그럼에도 맹목적으로 해본다. 혼자만의 시간이 낯설어 외로움을 덜어줄 대상을 찾게 되지만 그 대상을 자연으로 바꿔보니 생각이 조금씩 바뀐다.

고성의 바닷가 앞 펜션이 기억난다. 강원도를 좋아하는 나는 다른 지역보다 사람이 적고 고요한 고성을 갔다. 창밖으로 키 높은 나무들이 빼곡하고 그 사이로 보이는 고요의 바다는 고통의 시간을 지워주며 잠시나마 부정적인 생각을 지울 수 있도록 도와주었다.

그때 서 있는 건 나 한 사람이었고 그 사소한 행위 하나가, 누군가에게는 익숙한 그 풍경이 인생을 바꿔주는 계기가 됐다. 행복한 사랑을 찾아 헤매는 여정 속에 마침표를 찍는 휴식을 취해보니 내 감정이 정리가 된다.

마음이 차분해지니 진심 어린 마음을 정돈하며 전할 수 있는 용기가 생긴다.

오히려 혼자만의 시간을 가지며 멀어지니 함께 있을 때의 소중함에 대해 한 번 더 깨닫게 된다. 나만의 사색에 빠지니 일상 속에서 발견하는 사소한 것들이 서로에게 공유할 수 있는 값진 이야깃거리가 될 수 있음을 깨닫게 된다. 이 당연한 사실을 왜 멀리 있는 바닷가까지 가야만 알 수 있었을까. 더 이상 집착하게 되는 '나'도, 너를 미워하는 '나'도 없다. 오히려 더 깊이 헤아리게 되고 나의 일상을 값지게 바라보게 됐다.

나의 삶을 하나씩 되찾으니 시간은 더 이상 느리게 흘러가지 않는다.

part. 4

사랑

— 결혼 —

연애를 한다는 건 잠시 그 사람과 나 사이의 세계관을 공유하는 것을 의미한다. 서로가 서로의 세계의 문을 열고 왕래를 할 수는 있지만 그어져 있는 선을 넘어설 일은 웬만하면 없다. 연애를 하는 사이는 너와 나 우리인 동시에, 나는 나 너는 너인 사이이기에. 허나 결혼은 좀 다르다. 너와 나 우리의 세계가 하나가 되는 것이다. 내 가족이 너의 가족이 되고 네 가족이 나의 가족이 되고. 우리가 가족을 만들고 그 세계가 가장 큰 비중을 차지하는 일이다.

그렇기에 결혼이란 참 기묘한 일이다. 연인이라는 이름으로는 허락되지 않던 것들이 허락되는 순간 우리는 색다른 경험을 하기 시작한다. 온갖 다툼거리가 많았던 연인 시절과는 다르게, 이 사람만이 이 지구에서 유일한 나의 편이라는 생각과 함께 다툼거리는 사소한 일이 되기도 한다.

밖으로 나가면 남인 세상, 유일하게 평생을 내 편을 들어주기로 약속한 이와 다투어 무슨 이득이 있겠는가. 가장 든든한 아군을 얻는 일이 바로 결혼이기도 하다. 떠날까 하는 두려움이 사라져 소홀함이라는 감정이 생길 수도 있겠다.

그러니 반드시 그대를 떠나지 않기에 소중히 여기는 사람이 아니라, 곁에 있다는 사실에 감사하는 이와 평생을 약속해야 한다고 말해주고 싶다.

함께 거실을 꾸밀 수도 있겠다. 함께 결말을 채 보지 못한 영화를 틀어놓고 귀만 열어놓는 거다. <벤자민 버튼의 시간은 거꾸로 간다>라는 영화 속 주인공 부부처럼, 결혼 생활이 그 자체로 '놀이'라고 느껴질 만큼 행복해져보는 거다. 해가 드는 방향에는 놓고 싶던 야자수를 놓고, 텔레비전 밑에 장식대는 당신의 취향껏 꾸미는 거다. 졸리면 눕고 배고프면 먹고 따분할 땐 내 사람을 괴롭혀보는 거다.

간지럼을 태운다면 간지럽지 않아도 힘껏 간지러워 해보겠다. 당신이 좋아하니까.

매일이 자고 일어나면 끝나있을 것 같은 꿈같은 나날들임에도 불구하고, 눈을 떴을 때 당신이 옆에 여전히 있는 나날들이 이어진다. 꿈같은 날들도 매일이 되면 식상하고 소홀해질 수도 있겠다. 괜찮다. 그걸 세간에서는 권태로움이라고 부르지만, 난 서로가 서로를 완전하게 받아들여 너와 나 사이에 경계가 사라진 또 다른 사랑이라고 부를 테니까.

— 고백 —

우리 여기서 정리하자. 연인이라는 이름으로 달아놓은 꼬리표는 정리하는 거다. 달이 차오르는 날 바람은 찬데, 너를 꼭 안고 이야기할 거다. 잠깐 심장이 덜컹여도 좋다. 그 덜컹임은 곧 우리가 영원히 함께할 거라는 설렘으로 바뀔 거니까. 우리 연인으로서는 이제 정리하고, 새로운 관계가 돼보는 거다. 평생이라는 삶에서 어느 시기를 약속하는 연인을 넘어 우리 너의 평생이 내 평생이 되고 내 평생은 너의 평생이 되는 사이가 돼보자.

검은 머리가 파뿌리처럼 하얗게 될 때까지 함께하자는 뻔하고 유치한 약속이라도 좋다. 우리 영원의 징표 같은 약속을 몇 개씩이나 하는 거다. 얼굴에 세월의 흔적이 가득해져도 함께 건너온 세월이니 추하지 않게 볼 것이다. 백발의 머리는 늙음의 결과가 아니라 서로가 서로를 눈부시게 바라본다는 의미가 되는 거다. 사랑은 콩깍지가 씌는 거니까. 너의 어떤 모습도 세간의 시선과는 나에겐 다르게 보이는 거다.

사람은 누군가를 나 자신보다 사랑하기는 어렵다고 하지만, 나는 가능하다면 너를 내가 나 자신을 사랑하는 만큼 사랑하겠다.

스스로를 사랑하는 것보다 사랑하겠다는 거짓과도 같은 일도 믿어보고 싶다. 당신과 함께하면 어떤 불가능이라도 가능할 것이라는 착각 속에서 빠져 살아보고 싶다. 왜 너와 평생을 약속하고 싶냐고 묻는다면 철부지 어린아이처럼 환하게 웃으며 대답하고 싶다. 거기엔 사랑 말고는 아무 이유가 없어서 설명이 안 된다고. 설명할 수 있는 사랑은 도리어 그 이유가 사라질 때 동기마저 사라지니, 원동력조차 설명할 수 없는 이 무한한 사랑을 봐달라고.

너란 세상에 나들이 가던 나, 이제는 그곳에 초석부터 단단하게 자리 잡은 보금터 만들어 평생을 너와 드리우며 살랑이고 싶다. 사랑하는 당신과 함께.

— 단점 —

내 단점을 나도 셀 수가 없어요. 어떤 날은 너무 이기적이어서 당신을 배려라고는 눈곱만큼도 하지 않으며 어리광을 부리는 날도 있을 거예요. 기분이 오르고 내려가는 폭이 너무 커서 감당하기도 힘들걸요. 거기다 그렇게 못난 주제에 바라는 건 많아서 매일같이 투정을 부릴 거고, 투정을 부리는데 당신이 내 마음을 몰라주면 난 토라질지도 몰라요. 누군가랑 사랑에 빠지면 자기 관리 같은 건 전혀 하지 않게 돼서 없던 뱃살이 나오기도 해요.

짜증 낼 땐 이성적인 판단이라고는 전혀 못해서 버럭거리며 소리만 질러대요. 당신이 나를 사랑한다고 말하면 왜 사랑하는지 이해할 수가 없어서 수없이 반문할 거예요. 아무리 설명해도 또 물을 거예요. 왜 나를 사랑하냐고. 치가 떨릴 정도로 지겨워질 때까지 당신이 날 사랑하는 이유를 설명해야 해요. 이러니 누가 나를 사랑하겠어요. 누군가가 나를 사랑한다는 걸 내가 어떻게 믿을 수 있겠어요. 난 내가 왜 지금껏 사랑에게 버림받았는지 누구보다 잘 이해하고 있는 사람이에요. 나를 나무라는 건 당신마저 나를 부정하는 거예요. 차라리 인정해줘야 해요. 내 단점들에 대해서.

도대체 왜 나를 사랑하는 건지 내 고개가 연신 끄덕여질 때까지 설명해줄 수 있겠어요?

나는 대답했다.

지겹도록 묻는다면, 지겹도록 대답할 시간만 허락해주세요. 평생을 묻는다면 평생을 대답할 테니. 그건 곧 우리가 평생을 함께한다는 뜻이니까.

서로에게 나들이 가는 일

연애란 무엇이냐는 질문을 받아본 적이 있다. 잠시 고민을 하다가 고개를 끄덕이며 이야기했다. 한 사람의 세상에 피크닉을 가는 것과 같다고. 그 사람이 가장 좋아하는 먹을거리들을 싸고 언덕을 힘겹게 올라 사랑이라는 그늘 아래 자리 잡을 때, 도란도란 소꿉놀이하듯 사랑을 음미하는 거라고.

나는 그 사람의 세상에, 그 사람은 나의 세상에 서로가 가장 좋아하는 것들을 들고 와서는 함박 웃음을 짓게 만들어주는 거라고. 그렇게 당신은 한 사람의 세상에 자주 나들이를 가게 된다.

그렇게 연애가 시작되면 한 사람의 풍경을 엿볼 수 있게 된다. 모든 사람은 각자의 고유한 세상이 있다. 누군가의 세상을 엿본다는 건 나와는 전혀 다른 사람의 세상을 보는 일과 같다. 숫자 네 가지만 가지고 조합을 해도 무려 열여섯 가지의 조합이 나온다. 인간 각자의 선택과 경향성 고유의 영역들을 전부 따져 한 인간의 성향을 가정하면 무한에 가까운 다른 성향이 나올 것이다.

우리는 세상을 내 시선에 따라 많이 이해하고 있다고 생각하지만 정작 남에 대해서는 잘 이해하기 어려운 까닭이 바로 이 때문이다.

새로운 사람의 풍경을 엿보면 다양한 것들을 알 수 있게 된다. 원래의 나라면 내리지 않았을 판단들이나 선택들. 내가 나로서 살아가기 위해서는 이해할 필요가 없었을 누군가의 생각들을 이해해가며 우리는 덜 편협한 인간이 된다. 요컨대 사랑을 한다는 건 누군가의 사고방식과 생각을 연습하며 나를 더 풍부한 인간이 되게 만들어주는 것이다.

걸어본 적 없는 산책로를 그녀 덕에 알아가게 되고, 계절이 바뀐다고 찾아보지 않던 계절에 맞는 축제들을 찾아가게 되고, 혼자만의 시간을 즐기던 내가 그녀로 인해 홀로 있을 시간을 누군가와 더 함께 다채롭게 보내게 될 수도 있다. 사랑은 이렇듯 새로운 방식의 삶을 제시한다.

그렇기에 실연이 힘든 까닭은 단순히 그 사람 하나가 떠나는 것이 아니라 그 사람으로 인해 엿볼 수 있던 풍경들이 전부 사라지기 때문이다. 나도 모르는 새 어느덧 그 풍경들은 익숙한 풍경이 돼 있다.

나갈 일 없었을 산책로가 어느덧 나의 가장 좋아하는 장소가 돼 있을 수 있고, 계절이 바뀌면 계절에 맞추어 어디론가 떠나야만 하는 습관이 생겼을 수도 있다. 바뀐 습관을 함께하던 사람이 옆에서 떠난다는 건 누군가와 함께하던 일을 이제는 혼자 맞이해야 한다는 뜻이다. 이것은 새로운 형태로 삶을 위협한다. 쭉 혼자였던 사람이라면 괜찮겠지만 누군가와 함께하는 것의 행복을 깨달은 이에게 혼자가 되어야 한다는 것은 크나큰 상실감을 동반하기 때문이다.

그렇기에 반대로 그런 실연이 없는 형태로 관계가 발전되는 것, 평생을 약속하는 것.

결혼은 또 다른 새로운 형태의 감정일 것이다. 연애가 도시락을 싸 피크닉을 가는 것이라면 결혼은 그 사람과 나 사이의 영역에 함께 지낼 보금자리를 짓고 각자의 풍경에서 서로 함께 좋아하는 것들을 가져와서는 하나둘씩 누구 하나가 싫어할 것 없이 천천히 새로운 세상을 채워가는 것이니까.

나이를 먹어가며 연애가 아니라 결혼을 하고 싶다는 생각이 문득 들었다. 한 사람만으로 평생 만족할 수 없는 것이 인간의 욕심이라고 생각했는데 세월이 흐름에 따라 꼭 그렇지도 않은가보다.

여러 사람을 통해 만족할 수 있는 순간의 자극보다 한 사람이 나의 세상에 단단하게 자리 잡는 상상을 하는 것을 보면.

에필로그

이젠 당신의 소식조차 듣지 못하는 남보다 못한 사이가 되었지만 내 삶에 잠시나마 머물러줘서 고마웠습니다. 나에게 사랑이라는 단어는 오직 당신입니다. 매일같이 내뱉던 사랑한다는 말을 이제는 과거형으로밖에 말할 수 없다는 사실이 아직도 날 슬프게 합니다. 하지만 난 아직도 당신을 사랑했던 그때의 기억으로 사랑하니 슬픈 과거형으로라도 내뱉겠습니다. 정말 사랑했습니다. 진심입니다. 심장을 꺼내어 보여줄 수 있다면 보여드리고 싶습니다.

차갑게 식어버린 심장이 아직도 당신 생각을 하면 매몰차게 뜁니다.

만약에, 정말 만약에 과거로 돌아갈 수 있다면, 아픈 사랑이라는 것과 우리의 이별을 알고 있다고 해도 또 당신을 불러내어 꽃을 건네며 고백할 것입니다. 힘들고 아픈 사랑이지만 그만큼 행복했던 기억이기에 전 당신과의 기억들을 포기할 순 없습니다.

당신과 이별한 후 차가운 시간이 우리를 벽처럼 막아놓았기에 마음을 전하지 못했습니다.

처음 당신과의 추억은 아직도 생생하게 남아있어, 간절히 되돌리고 싶은 마음에 가슴이 먹먹합니다. 당신과 함께 걸었던 그 길을 이젠 혼자 걷고 있지만, 당신이 머물렀던 그 온기만은 아직 조금 남아있습니다. 나는 아직도 추운 나날들을 그 온기로 이겨냅니다. 혹여나 당신의 나날들에 조금 한기가 돌까 걱정도 합니다만, 아마 당신은 괜찮을 것입니다. 저에게 사랑을 알려주고 큰 사랑을 준 당신이기에 후회는 제 몫일 테니까요.

처음 우리가 만났던 때에 어색한 웃음을 지으며 인사했던 그 순간을 나는 잊을 수 없습니다.

당신의 웃음소리는 나를 행복하게 만들기 충분했고, 서로의 손을 잡았을 때 전해지던 온기가 지금도 손끝에 느껴집니다. 서로를 사랑한다는 마음이, 그 끈이 점점 두터워지는 기분이었습니다. 홍련, 붉은 실이라고 하던가요. 끊어질래야 끊어지지 않는 그런 실이 우리 사이에 있다고 느꼈습니다. 물론 전 당신이 떠난 지금도 그 인연을 느낍니다. 당신은 절 떠났어도 떠난 것이 아닙니다. 평생 기억에 남아서는 저와 함께할 것이기에.

하지만 결국 우리도 이별하고 말았고, 서로가 없는 각자의 삶으로 돌아가게 되었습니다.

끝이 아니길 간절히 바라도, 결국 이별의 시간이 찾아왔습니다. 서로를 안고 눈물을 흘렸던 그 순간은 아마 평생 잊지 못할 것 같습니다. 함께 보낸 시간이 아련한 추억으로 남기에, 마음이 찢어질 듯 아프지만 모두 당신과 함께라서 소중했습니다.

이만 줄이겠습니다.

당신과 함께해서 모든 기억이 아프고 소중했습니다. 만약 당신을 우연히라도 마주치게 된다면, 그때 당신에게 말하겠습니다. 당신이 제 첫사랑이라고 나지막하게 읊어보겠습니다.

사랑했습니다. 고맙습니다. 사랑합니다.

당신은 저의 자랑이라는 걸, 당신은 여전히 누군가의 자랑이라는 걸 잊지 않아주시기를 바라며 이만 줄이겠습니다.

이별 편지

초판 1쇄 인쇄 2023년 5월 10일
초판 1쇄 발행 2023년 5월 26일

지은이 정탁
펴낸이 떠오름

기획 손힘찬
편집 떠오름
디자인 당아

펴낸곳 ㈜떠오름코퍼레이션
출판등록 제2021-000002호(2020년 4월 28일)
주소 서울특별시 성동구 왕십리로 4길 23-1, 3층 301, 302호
전화 070-4036-4586 팩스 02-6305-4923
홈페이지 www.risebooks.co.kr
이메일 tteoreum9@nate.com

값 16,800원

ISBN 979-11-92372-37-2 03810